一江春水向北流

王少杰　著

杭州出版社

图书在版编目（CIP）数据

一江春水向北流 / 王少杰著. -- 杭州 : 杭州出版社，2024. 6（2024. 8重印）-- ISBN 978-7-5565-2523-2

Ⅰ. I267

中国国家版本馆 CIP 数据核字第 20246PD151 号

YI JIANG CHUN SHUI XIANG BEI LIU

一江春水向北流

王少杰 著

责任编辑	俞倩楠
美术编辑	祁睿一
责任印务	姚霖
出版发行	杭州出版社（杭州市西湖文化广场32号6楼） 电话：0571-87997719　邮编：310014
排　　版	杭州立飞图文制作有限公司
印　　刷	杭州佳园彩色印刷有限公司
开　　本	880 mm × 1230 mm　1/32
印　　张	5.5
字　　数	121千
版　　次	2024年6月第1版　2024年8月第2次印刷
标准书号	ISBN 978-7-5565-2523-2
定　　价	32.00元

小　引

大约十年前，便想写一些回忆故乡兰溪的文字，并拟了一个长长的篇目。后来，间或写过几篇，收入四年前出版的《走读知味》一书中去了，却总觉得想写的远未写完。

兰溪、金华乃至整个浙江，对我而言不可谓不熟悉。但是，相较于各种游览、采访、考察、学习性质的经历，中小学时代留在记忆中的人与往事，似乎更加深刻。

通常，人到了中年以后，才会回忆过去。这也合乎情理。没有一定的人生阅历、积淀，有多少值得回忆的东西？即使回忆，也缺少一种基于个人判断力的观照。

20 世纪 70 年代，再往两头延伸至 60 年代末、80 年代前期，是中国社会有史以来变化最大的一二十年。亲身经历过那个年代的人，改革开放后的获得感、幸福感，比没有经历过的人要强很多。从这个意义上说，我们这一代人是幸运的。但现在回过头去看，那个年代的某些政治运动和社会现象，又是荒唐可笑的。因此可以说，那是一个不一定值得留恋，但一定值得永远记住的年代。

收在这里的21篇记叙性文字，大体为那个时代背景下的兰溪往事。尽管只是我个人的亲历，但一定程度上，也是同时代人的记忆。其中，一部分已经发表过，一部分从《走读知味》中转录并作了个别文字修改，其余则是首次公开发表。另外，借此散文集出版之机，将写兰溪的两组新诗附于书末。

有人说：能为那个年代的兰溪留下一些真实的文字，是一件善事。

也是一件愉快的事。

王少杰

2024 年 2 月 5 日记于杭州

目　录

小引

闲话“小上海” / 1

章府里 / 10

老屋 / 16

“钱业公所”复原记 / 23

陌上花开 / 33

三访陈家井 / 37

梨膏糖的味道 / 44

药材好，药，才好 / 52

1977 年春节 / 63

“跑北京”及其他 / 70

书·记 / 75

看小人书的日子 / 80

香烟壳上的旅行 / 84

郦红玉老师二三事 / 90

老S小传　/ 95
打鸟记　/ 107
外圩洲一夜　/ 113
镜头下的游埠　/ 123
《水浒传》之类　/ 129
“白露山樵”缘起　/ 134
兰溪：一江春水向北流　/ 139

后记　/ 145

附录一：兰溪古城八咏　/ 147
附录二：那时的兰溪（组诗）　/ 158

闲话“小上海”

我以为，谈论兰溪的历史，可以从唐咸亨五年（674）建县开始，也可以寻找其他更有意思的切入口，譬如“小上海”开始。

公元674年8月，“析金华县三河戍地置兰溪县”，这个没有问题。然而，最初的“三河戍地”指哪？最早的城池、县衙具体又在哪？不同观点的争论便来了。

“小上海”则不然。“小上海”是相对于大上海而言的，是一种誉称。在相当长一段时间里，紧挨着大上海的浙江省，享有“小上海”之誉的地方有两个：兰溪和海门（后改名椒江）。海门临海，兰溪沿江。这两个“小上海”，也是20世纪80年代浙江省最早设立的县级市。不过，椒江市存在时间很短，20世纪90年代即改设椒江区，为台州市人民政府驻地。

闲话“小上海”，得先说几句大上海。

上海从一个市镇到设立上海县，是元至元二十九年（1292）

的事情。直到第一次鸦片战争清廷战败，1842 年中英《南京条约》签订，上海被迫作为“五口通商”之一才正式开埠。然后有了租界，先是英、美、法，接着德、俄、意、荷、葡、西、丹、瑞、奥、日等国，都在上海划出各自的地盘。1927 年，上海特别市设立，直辖于民国中央政府。三年后，又去掉了“特别”二字。1945 年抗战胜利，历时百年之久的上海租界宣告结束。1949 年 5 月上海解放，成立上海市人民政府，新中国的上海市，仍为中央直辖市。在历史长河中并不算太长的百余年时间里，上海从一个通商口岸，发展成了堪称除政治中心之外的几乎所有中心的“大上海”。

为方便说“小上海”，非要给大上海划一个对应的时间区间的话，1842 年至 1992 年的 150 年，是个不错的选择。因为有“小上海”之誉的兰溪，其波浪式繁盛的景象，基本就在这一时期。

有人也许会说，兰溪为“三江之汇、七省通衢”，水陆交通便利，自古商贸繁华。这个自然没错。尤其南宋“行在”——实际上的都城——定于临安（杭州）之后，整个南方的政治、经济、文化和社会生活极大发展。钱塘江是南来北往的重要水上通道，而兰溪，正处钱塘江（南源）中上游的重要节点上。

南宋百余年，兰溪从一个普通县升为望县，到元元贞元年（1295）又升为州（兰州），再到明洪武三年（1370）复州为县。也就是说，早在七百年前，兰溪就曾有过一次“撤县建市”，尽管这个“县级市”只存在了 75 年。

兰溪现在尚存的城垣，乃元末朱元璋部将胡大海攻占兰溪后开始修建的，修建城垣的石料，大抵来自龙游“石窟”。有明一代，兰溪城池、城门、街巷格局基本成形。清代，兰溪继续着明代的繁荣太平，清末直至民国三十一年（1942）日军侵占兰溪之前，“小上海”兰溪几乎达到了高光状态。差不多同一时期，上海的前面，往往被世人冠以“大”字。

兰溪“小上海”的高光，大约从几方面体现。

一个是经济、赋税数据。据方志记载，清代开始，尤其清中叶以来，兰溪税银征收便占金华府四分之一。光绪二十三年（1897），兰溪厘金局征收69687千文，居金华府八县之首。民国十六年（1927），征税203750元。民国二十二年（1933），裁厘后同流域邻近四县金华、衢县、龙游、兰溪共征收营业税115494元，其中兰溪征收60524元，占52.4%。在没有GDP统计的年代，赋税数据是衡量一个地方工商业发达程度的最重要指标。所谓“小小金华府，大大兰溪县”，大约便缘于此。而同时期的大上海，则为全国第一。

再一个是城镇人口数量。清代开始，福建、江西、安徽、江苏和浙江省内的商人纷纷来兰溪发展，移民数量剧增。以乡土地缘为标志的商业会馆应运而生，闽商会馆、江西会馆、新安（徽州）会馆、江南（江苏南京）会馆、越郡（绍兴）公所、稠州（义乌）公所、东阳会馆、永康会馆等相继兴建。其中，徽商以及绍兴商人，是兰溪商业界的中坚力量。兰溪城已然成为一个移民城市。

为求实据，我特地在20世纪70年代就读于兰溪县城的同班同学中，作了一个随机抽样调查。结果表明：上溯父母亲三四代，从外省、外县迁来兰溪县城的比例高达92.3%，其中父母双方三四代均由外地迁兰的，接近90%。我的上上辈，亦由兰溪、衢州、徽州、金华四地姻联于兰。这个时间段，正是清中后叶至民国中后期。移民兰溪的原因，除了经商、谋生，也有战乱因素。

商业繁荣，金融业随之而兴。清同治至光绪年间，兰溪钱庄从1家发展到15家，并于光绪年间建立了同业公会。兰溪“钱业公所”旧址至今保存完好。这是周边各县难以相提并论的。而此时的大上海，作为中国最大的移民城市，无疑也是中国最大的商贸金融城市。

兰溪的码头必须单独说说。在公路、铁路交通没有兴起的年代，工商业运输排第一位的是水路。本就“溪以兰名，县以溪名”的兰溪，尽管不能与靠海（东海）临江（长江）的上海相比，但钱塘江中游的水运优势甚为突出。船只从兰溪出发，下行可达杭州、京杭大运河，也可经浙东运河、杭州湾通往绍兴、宁波。中转严州（梅城）西行，沿新安江直到安徽屯溪。上溯衢江，则船只可抵衢州各县，东进金华江可达义乌、东阳、武义、永康等地。

故此，兰江沿岸的码头，最多时有几十个。直到20世纪七八十年代，由南往北依旧有驿前码头、南门码头、官码头、水门码头、西门码头、柳家码头、朱家码头、张家码头、王家码头（航运码头）、下卡码头等。兰溪作为浙中西部地区中药材集散地，还有专门的“瀔西药业公所”码头。

每日停泊在码头的各种船只不下600艘，多时达千余艘。其中三分之一，是运载量一千担（50吨）左右的大船。清宣统三年（1911）“钱江轮船公司”创办后，用机轮经营杭州—兰溪客货运，并从上海购进铁壳汽轮对开行驶。之后又有振兴轮船公司、大华航业公司等，均经营兰溪—杭州客货航运。船型种类繁多，有木质小渔船、义乌港船、江山船、大麦船、徽港船、驳运船、灵山港划船、炭船、水泥轮拖船、机驳船、货驳船、客船、钢质铁驳子等等。

江中百舸争流，沿岸桅樯林立，码头装卸繁忙，商贾街市云集，话语南腔北调，风味五湖四海……“小上海”兰溪，好似一幅大上海外滩景象！

英国女作家罗安逸（A.S.Roe）1907年5月、1912年1月两次到中国，尤其第二次，她在兰溪城住了差不多一年，留下大量珍贵的文字和照片资料。罗安逸之所以来到兰溪，一个重要因素就是因为钱塘江，从上海到了杭州，即可乘船沿钱塘江直达兰溪。

说到船，便不能不再说说一种特别的船：茭白船。

茭白船也叫江山船、高拔船、花船、花舫，是男人们设宴待客、寻欢作乐的场所，客人主要是大小客商，路过的、慕名而来的文人官绅也有不少。茭白船是苏杭一带的舶来品，并非兰溪首创，只是民国前期其他地方衰落了，兰溪沿江一带则达到了顶峰。我们现在能看到的相关文字，除了郁达夫1933年11月到兰溪的游记中的几段，还有曹聚仁《兰溪——李笠翁的家乡》一文的记叙。曹聚仁的文章还写到了沿江城边的茶馆、茶娘，文字中也多了些乡情流露。另外，还有一位名不见经传的陈适的《兰溪江上》，一篇署名“老黄”的《兰溪巡礼记》，读来让人身临其间。对于茭白船考究最深最细的，当属20世纪80年代洪加祥的报告文学《最后的高拨船》。茭白船本不稀奇，只是后来的人一提起兰溪“小上海”，必然要津津乐道一番这个抗战时期已经绝迹的往事。

“小上海”还有一段插曲，即民国二十二年到二十六年（1933—1937）的“兰溪实验县”。作为民国中央政府确定的全国四个实验县之一，由蒋介石钦点的胡次威任县长。1934年还设立了兰溪区行政督察专员公署，署驻兰溪，胡兼任专员，辖周边11县。实验县，听着名头很响很大，其实三年半时间里，因种种原因，胡次威的团队作为有限。

兰溪“小上海”的另一个高光时刻，是20世纪80年代。

新中国建立之初，兰溪曾经的工商业优势已经所剩无几。主因当然是公路、铁路、海上运输的兴起。以水路运输为命脉的兰溪，自然渐趋寻常。但是，作为区域性的最大移民县城，兰溪的商埠文化，积累了两大基础性优势：

一是县城人口数量大，尤其是受过一定文化教育的非农业人口多，这是产业工人的主要来源。二是现代工业和传统手工业老底子犹在。俗话说：“瘦死的骆驼比马大。”从20

世纪 50 年代到 70 年代，兰溪县城人口已达四万多人，这是金华地区除婺城以外其他各县难以企及的。

计划经济时代，重工业发展主要靠中央投资，轻工业发展主要靠地方自谋。兰溪的工业，经过几十年的恢复、调整、稳定、协调发展，到 80 年代时，又率先在计划经济框架内注入了一系列改革之水，其中最重要的举措是改革管理体制、扩大企业自主权、推行工业经济责任制、试行厂长负责制等。一时间，冶金、化工、食品、纺织、机械、医药、造纸、电力、建材、陶瓷、煤炭采掘以及印刷、塑料、皮革、缝纫、造船等工业门类万箭齐发、声号嘹亮，一大批知名企业、品牌产品占据了各地报纸、广播、电视媒体的重要版面、时段。

兰溪财政收入随之猛增。1986 年，浙江省首次召开财政收入上亿元、近亿元县（市）财政局局长座谈会，全省有 12 个县（市）代表参加。其时，兰溪市财政收入名列全省第十、金华第一。兰溪企业改革创新的举措被誉为“兰溪经验”。同年 9 月，浙江省委书记王芳题词：“全面推广兰溪经验。”《浙江日报》等新闻媒体随即刊播系列长篇报道。同年 11 月，国家经委在兰溪召开“推进经济责任制，搞活企业内部分配”座谈会，把“兰溪经验”进一步推向省外。

然而，就在很多兰溪人满面红光地再次高谈并享受着“小上海”的荣耀时，却不知时代潮流，已经在奔腾中悄然转向。市场经济的帷幕已经徐徐拉开……

1990 年 12 月 19 日，上海证券交易所正式开业。作为“老八股”中唯一一只外省股票“浙江凤凰”闪亮登场，称得上是“小上海”兰溪在大上海的最后一抹高光，世人瞩目。

1992 年，同属金华市的义乌，凭借小商品、大市场，GDP 率先超越兰溪，然后是东阳，再是永康……“小上海”兰溪则从疑惑、迷茫、无奈，到默默接受现实。这个过程的失落、痛苦，只有了解、经历、体验过“小上海”荣耀的兰溪人，才会有深深的感慨。

我不论作为一个从 20 世纪 80 年代中期开始，就一直关注金华各县（市、区）统计报告的兰溪籍金华人，还是作为一个新世纪开始持续关注全省统计数据的金华籍浙江人，我对全省各市、县（市、区）统计指标的此消彼长，似乎并无特别的悲欣感。因为兰溪、义乌是金华的，而金华包括义乌、永康、东阳、兰溪等等，都是浙江的。

如此说“小上海”兰溪，并非生于斯长于斯的我胸襟开阔、眼光远大，而是我知道，中国千百年来有一句古话：三十年河东，三十年河西。

并且我还知道，只有准确把握时代方向，勇立时代潮头，认识自己、改变自己，说实话、干实事、出实绩，才能从历史的经验教训中真正重拾自信，再振雄风。

鲁迅先生 1934 年在大上海写过一篇《中国人失掉自信力了吗》的文章，针对的是抗日的事。然而，在重建自信力这点上，我觉得本质是类似的。何况，对于曾经辉煌过百余年的“小上海”兰溪，三十年不行，六十年、八十年又何妨？

再退一步说，就如义乌佛堂镇不怀恋昔日的“小兰溪”，兰溪也不去怀恋昔日的“小上海”，又怎么样呢?

2024 年 1 月

章府里

或许，这是兰溪城唯一一个称作“府”，却又住满了邻里百姓的地方。

章府里，我一直以来的感觉，如同自己家里。这么说并非夸张。因为我们家，从20世纪40年代中期到80年代中期，整整三代人都曾在这“里”居住、工作、生活过很长时间。

章府里有两个概念：一个，是从云山路（先前叫工农路、新民路）路口——通常称章府门口——南北径直到底一段，长度不过六七十米的小章府里；一个，是包括章府左巷、章府右巷（先前叫章府里左巷、右巷）两条弯弯曲曲、石级很多、长度各一二百米，最后于牛角尖至天福山最高处合拢的大章府里。章府左巷还与明著堂相通，东北面俗称后山、后山背。章府右巷西侧则与告天台连接。住在这一大片范围内的居民，如果有人问：“你家住哪里？”一定会答：“章府里。”

章府右巷走到顶，便是我们家的第一个住所。那是1945

年8月日本投降、兰溪县城光复，祖母拖着一家数口从北乡马涧后潘村避难回城的第一个落脚点。

一座徽式老屋，不大，马头墙中间一个天井，算是院子吧。天井屋檐下，有一副颇有年头的石磨盘。直到20世纪70年代中期，祖母每年夏天制作豆瓣酱时，都会让我挑着晒干的“酱皇”——一种经有特别气味的名唤“黄金蓓”的植物窨过的熟小麦，到这间老屋从前的主人家，借用石磨盘碾成酱皇粉。当我一圈一圈转着磨盘的时候，主人梅仙便泡上一杯茶，与祖母唠些家常。感觉得出，祖母当年租住这里时，与街坊邻居相处甚为融洽。

1949年5月，兰溪解放。又过了两年，祖母从章府右巷，外祖父则从南门驿前码头一条叫作“木勺柄”的袖珍小巷，一起拖儿携女搬到章府左巷4号（后改为6号）。一家人的新生活，也从这里继续。

关于祖母和外祖父，我在一篇《祖母与外祖父》的文章里，已经记叙颇多。母亲生我时，据说超了预产期一个月，但我一直怀疑算错了。母亲在县人民医院生下我没几天，就在章府左巷4号坐月子，之后便带着我去了当时的工作地黄店。襁褓中的我，对这些自然没有任何记忆。

在我出生之前的50年代，母亲还曾经担任过多年的章府里居委会扫盲班教员、居委会主任（时称主委）。章府里每家每户姓甚名谁，即便70年后的今天，93岁的母亲依然还有不少能脱口而出。而对我来说，章府里的记忆，印象最深刻的，无疑是20世纪70年代这一段。

章府里为啥叫章府里，住在这里的人，大多并不清楚。明代大儒，官至南京国子监祭酒、南京礼部尚书却清廉、俭朴无比的章懋，他的大名重新广为人知，是20世纪90年代以后的事情。章懋，女埠渡渎人，世称“枫山先生”，其晚年府第的修缮并对外开放，更是近些年文化旅游融合发展的结果。70年代中期，章懋故居门外是兰溪知名度仅次于“筱童莉”的说唱艺人“矮子老王”的地盘。

矮子老王除了姓王，似乎没人知道他的名字。人们更关心的，是昨天晚上没有唱完的故事，今晚是不是继续?

如果继续，那么吃罢晚饭——兰溪人叫“吃夜饭”——第一件事，就是早早地候在章懋故居门前，大家通常称作“章府道院”的北侧。偶尔到得早了，就坐在章懋故居门口的青石门槛上等一会，或者去边上任意一位同学家里转转。

矮子老王来时，照例是一盏煤气灯，一只棕色的旧皮箱，草编遮阳帽下，配一件白色圆领汗衫。天气凉快点，则汗衫背心外加一件有点发黄的短袖“的确凉”。拷绸衫也有一件，但似乎并不太舍得穿。

矮子老王在那个年代，个子其实不算很矮，只是有点发福，便显得更矮了。矮子老王相比筱童莉，唱的功夫欠了一点点，但讲故事的本领，又强了一点点。两只普普通通的“糟蛋”，被花里花腔说成“炸弹”，便吊住一大帮邻里老小好几夜的胃口；而梨膏糖，自然也跟着多卖了好几回。

章府门口到牛角尖，一共住有、住过多少户居民，已经无从也不必知晓了。因为明代以前，这个高高低低弯弯曲曲的巷子，有没有名字，并无记载。但以“章府里”命名，肯定始于明代，兰溪古城的现有格局基本成形于明代，而且是章懋晚年在此购置楼屋之后，甚至章文懿祠修建之后的事情。算起来，也有五百来年了。

我们已经无法还原章懋晚年住在这里时的生活场景。之后的四百多年里，每一次改朝换代，换的只是皇帝、年号，普通百姓的日常生活，除了穿着、发型、女人的脚有点变化外，寻常日子的变化，并不太大。据载，章府里路面结构的最后一次改建是在 1968 年。这次改建，我依稀还有些记忆，依稀记得左巷、右巷鹅卵石中间一块块长长的青石板，无论雨天的光洁还是夏天的阴凉，都让生活的节奏在宽宽慢慢曲曲弯弯中绵延不绝……

甚至可以想象，20 世纪 70 年代，住在章府里的居民，某一整天的生活，大致是这样一幅景象——

大清早，天刚蒙蒙亮，章府道院东侧没了亭子的青石井旁，第一拨洗衣妇已经窸窸窣窣开始捣鼓。

晨鸟的叽叽喳喳中，夹杂着几声鸡鸣犬吠。

水井对面环卫所的双轮垃圾车、尿粪车，开始陆陆续续从章府门口，朝东、往西叮铃叮铃地远去。

上学的被催着起床。草草漱洗后的早餐，大抵是泡饭或粥，就着一点酱、咸菜、腌萝卜或者昨晚的剩菜。囫囵落肚后，便各自背上书包，鱼贯步往东方红小学或者兰二中——那时候，学区是统一按路段划分的，无所谓好与不好。

上班路远的已经出门，路近的，也准备出门。家里没人了，就挂上一把锁。几户人家合住一屋的，虚掩一下也行。

剩下在家的多是老人，或者家庭妇女。那时候的人，上了五六十岁，便觉老了。忙忙碌碌又慢慢腾腾的节奏，一直持续到中午，学生们几乎同一个时间回家吃饭。不一会，又原路返回学校。一天到晚似乎很少喝水，更没有自带水杯水壶的。会不会渴？渴了怎么办？似乎没有哪个学生、哪位家长会特别在意。

傍晚时分是一天中最热闹的。学生们放学回家，多少要干点家务活。比如男生，去道院的井里打几桶生活用水，吃的水则去桃花坞口的自来水供应点排队，然后两分一担、三分两担或者一分一担地挑回家去。

烧夜饭，是每家每户一日三餐中最乐意花费时间的事。除了过年，丰盛定然谈不上，但粗茶淡饭，大体还是有的。每家每户饭桌上的菜肴，差别也不是太大，就像锅灶下烧的，不是柴火，就是煤球、煤饼。

如果是夏天，矮子老王唱的故事，只听一半是停不下来的，梨膏糖买不买倒是其次，反正，口袋里也没几个余钱。

东方红小学没有夜自修，但兰二中高年级每周会有。工农路居委会（章府里居委会后来并入工农路居委会）偶尔也召集居民开会。晚上八点多钟，居委会散会不久，成群结队的中学生们，由东往西路过章府门口时，总要被弥漫在空气中的烤番薯——兰溪话叫煨花芋——香味诱惑一番。

实在忍不住了，便高声唱上几句:“老杜格里格，花芋香！”

众人跟唱：“真格香啊！”

“我格口水么，都流光！”

众人又唱：“流光光啊！”

“摸摸口袋么，空荡荡！”

齐唱：“荡里格荡啊～～”

……

嘻嘻哈哈声中，章府门口以烤番薯闻名的老杜，还守在昏黄的电灯下，等待当晚的最后一位顾客。

老杜是广西人，20世纪40年代，兵荒马乱中辗转流离到兰溪，最后在章府里1号落脚生根，并沿工农路开了爿小店养家糊口。因为长得像电影《平原游击队》中日军大队长松井，故而我们背后又戏称其“松井”。

忽然想：不苟言笑，后背有点微驼，门卫般守着章府里数十年的“松井”老杜，估计已经不在。在的话，该有上百岁了吧。

2023年11月

老　屋

这是一幢建于清末的老房子——兰溪县钱业公所。

它坐落于兰溪市区云山路，之前称工农路，再之前称新民路。如果时光倒逝 130 年，在清光绪十三年（1887）的《兰溪县城图》上，老城墙、老城门尚在，这条路称东南内城弄街。右侧章府里有章文懿祠（章懋故居），左侧隔新民旅馆、明著堂，为徐氏宗祠。1996 年 10 月，钱业公所与徐氏宗祠一道被列为兰溪市市级文物保护单位。2017 年 1 月，钱业公所被公布为浙江省省级文物保护单位。

关于钱业公所，今天能见到的只有这么一段文字：清光绪以后，兰溪商埠更趋兴盛，行业增多，事务冗繁，原有商帮组织渐不适应，故需另设非同乡纯同业关系的组织，时称同业公所。清末至民国初，由绍兴帮、宁波帮以及本埠的钱业商人联合成立“兰溪县钱业公所”，址设今云山路 45 号（原工农路 54 号，后改为 51 号）。每天上午进行同行议息，同业各家或其他商家在沪杭的存款、欠款都在上午买进卖出，贴息七分到八分或高至一角，当场办好汇划手续，收付汇率。现款紧张的时候，也有倒贴息的，都在上午结算清楚。这种制度性的安排，近似于近代金融业票据交换制度，是兰溪商埠经济繁荣发展的客观反映。

可以说，钱业公所见证了当时兰溪的繁盛，一定意义上，也是兰溪曾经被称“小上海”的历史见证。

就在这幢老房子里，我度过了从童年开始的难忘的 17 个春秋。老房子的每一个角落，都是那样熟悉而亲切。

由于众所周知的原因，到 20 世纪 60 年代，城里的私房比例已经极小，公房则全部由县房管会统一管理维修。但这幢老房子不是，因为它归属马路对面的县委干校。我们入住的时候，只听上了年纪的人说，这里老底子是钱庄（银行雏形），因为大门上方“钱业公所”四个大字和钱业公所青石墙界，早已被粉刷遮去。

老房子很大很气派，完全不是现在马路拓宽抬高之后的模样。沿街一楼原本有两扇带窗棚的窗户，左右一对装饰性的砖雕门楼。中间高大的青石门框后面，是两扇厚重的包铁大门，门上整齐地布满大大小小的半球形门钉。门后两米开外，是一道长长的青石门槛，每到夜晚，只要 T 字形门杠当中一杠，莫说小偷，强盗也甭想进去——这与兰溪钱庄总部的身份和需要也相符合。

房子共有三进。第一进东西各一间屋子，二楼则空空荡荡，也没有楼梯。第一和第二进之间有五个台阶，狭长的天井两边到底。第一、二进像是彼此独立的单元，不知是否有防火的考虑？因为天井东端就是一个很大的由四块石板围成的太平池，池水不深，却四季不涸。

第二进为大厅，应该是当年兰溪大小钱庄老板议事、办公的场所。南边两侧是青石栏杆，东侧的已经不在，只剩下几个脚孔。70 年代县委党校搬迁，老房子交给房管会之前，大厅可以排演或者打乒乓球。

大厅后面为第三进，中间一长方形天井，东西两侧是卧室。对，卧室，而且设计建造时应该就是，因为地面铺设了木地板。最北边是一小厅，青砖地面。天井向东通往厨房，厨房挺大，最里头又是个小天井。厨房有扶梯可上二楼，尽管扶手只是根粗大的麻绳。扶梯下还有一间厕所，这在当时十分难得。唯一不知用途的地方叫“井堂后”，究竟是消防通道呢，还是作为钱庄另有用途？背靠着它听了十多年蟋蟀的叫声，却一直不得而知。

这么大一幢老房子，起初只有四户人家。划归房管会后，住户逐步增多，原先堆放杂物和游行用具的二楼，也渐渐住起了人。

老房子不但设计讲究，做工也堪称精美。比如牛腿，每一只都是镂空雕刻而成，寓意则为聚财生宝或福禄寿喜，大抵出自东阳木雕艺人之手。飞檐黛瓦马头墙，散发着浓浓的徽派建筑气息。我们入住的时候，虽然已历经六七十年的风雨，但整幢房子除了几根屋柱略有蛀损，基本保存完好。尤其用糯汁砂灰夯压打磨出来的地面，那种坚实、细腻、光洁的质感，远非后来的普通水泥地面能比。

住在老房子的岁月不仅美好，而且承载了我许许多多从童年、少年直至离乡求学的故事和梦想——

老房子的春天，总是伴随燕子的呢喃如约而至。大厅后面屋梁下那个燕窝，应该跟老房子差不多岁数了吧。每年春天，祖母或邻居总会在燕窝下挂块纸板什么的，一来接住鸟粪，二来生怕雏燕不小心又掉出燕窝。

水池边的万年青似乎永远长不高，不像鸡冠花，撒点种子下去，不久就会开出鲜艳的花瓣。池中有些杂鱼，不多，生命力倒很顽强。还有乌龟和鳖，但是难得一见。

从楼上晾衣的窗口望出去便是大云山。大云山为金华山之余脉，也是兰溪的标志之一。年复一年的春风，从大云山徐徐吹进老房子，暖煦煦的，让人睁不开惺忪睡眼，然后又听见祖母在说："开春啦！"

老房子的特点是夏天特别凉快。

那时候，夏天不像现在这么热。午睡时，常常将一把麦秆扇拿在手上，摇着摇着便睡着了。迷迷糊糊中，一两只长脚蜂在天井的屋檐下嗡嗡作响，于是慵懒得不想起床。偶尔还会听到外祖父打个很长、很惬意、很有特点的哈欠：啊呵呵呵——嗨呀。

晚饭后天黑下来的时间是外祖父的，《西游记》《三国演义》《封神榜》《聊斋》等故事，似乎永远讲不完也听不厌。外祖父带着徽州口音的兰溪话，成了我和邻居们至今不能忘却的怀念。

后来外祖父走了。吃罢晚饭，我从兰江游泳回来后第一件事，就是搬块凉水擦好的床板到大门口，一头搁在长凳上，另一头搁在台阶上，再洒点水，然后就可以躺在上面数星星了。那时候没有汽车，自行车也很少，所以不必担心谁撞着你、你碍着谁，家家户户都一样。

秋风萧瑟燕南归。凉丝丝的秋雨，先是淅淅沥沥地落在瓦背上，然后滴滴答答汇聚到屋檐底的水槽里，然后顺着水筒窸窸窣窣下来，最后哗哗啦啦地消失在天井的下水道里……秋雨和春雨播放的像是同一首曲子，只是色调不同，一个金色，一个绿色。

音乐声中我慢慢长大，一切都在长大。

小学毕业的时候，我有了自己平生第一个书架。说是书架，其实就是床后靠墙的两根柱子间钉了两条木板，藏书么，也有一百多册。

“文革”后期，一场奇怪的“批林批孔”运动刚刚过去，又来了一场更为莫名其妙的“评《水浒》运动”。虽然当时不知背后的政治因素，但《水浒传》却因此看入了迷。放学回家后，常常身子趴在床上，书摊在脚踏上，一直看到天暗，暗到祖母喊上几遍“吃饭了”，才十分不舍地合上书本。

那时候冬天几乎都会下雪。大或不大，天井的青石板上一目了然。大了就堆个雪人雪老爷，小了就来回踩上几串脚印，也是饶有趣味。

原先住的四户人家，因为里面两户都姓王，年龄也相仿，所以总有些同学、街坊分不太清谁是谁家，况且后来真的成了一家。

邻家长辈是位南下干部，50年代的县委宣传部部长，在“文化大革命”中挨批斗靠边站了。有时——一段时间甚至常常——下班回家或闲着没事，他便用山东话喊我下象棋，当时我只觉得好玩，后来才明白主要是因为棋逢对手。有时，我捉了几只苍蝇、蟑螂之类的虫子，放在天井里玩蚂蚁大战的游戏，邻家长辈也会过来蹲着看上半天。

老房子的冬天透着阴冷，不过，那时几乎每家都有火熜。火熜有铜的、铁的，也有竹篾包着陶盆的。祖母的铜火熜大概用了几十年了吧，布满小孔的盖子黄里透亮，既可烘手，又能暖脚。因为大部分时间父母不在身边，我们兄弟姐妹的日常生活便围着祖母转。年迈的祖母就像寒冬里的铜火熜，驱走严寒，驱走阴湿，直至最后一点炭火半夜里悄然成灰……

80年代，我们几家陆续搬离了老房子，倏忽已过三四十载。《庄子》云：“人生天地之间，若白驹之过隙，忽然而已。”小时候听外祖父这般感叹，我还不懂；等我懂时，外祖父已经溘然长逝。

直到今天，逢年过节回兰溪老家，除了到祖母和外祖父坟上祭扫，偶尔还会回老房子去看一看，发下呆，仿佛从杂乱失修的老屋里，能够再翻拣些许旧而不破的记忆。

好在老屋已成文物，老屋所在的天福山街区，2015 年 4 月更是被住建部、国家文物局公布为第一批 30 个中国历史文化街区之一。不管旧城如何改造，应该都不会拆，也不可以拆。何况，在兰溪经济重振、文化和旅游不断融合的背景下，说不定哪天老屋被修葺一新，重新恢复四五十年前甚至一百多年前的模样，成为千年古城的一处旅游景点了呢。

2018 年 4 月

“钱业公所”复原记

历时八九个月的兰溪“钱业公所”修缮项目，终于完工并通过初步验收。这一天是2023年5月19日。

时间回到一年前的9月上旬，兰溪大堰河诗社一众文朋诗友，在微信群相约：中秋节次日，即9月11日，重访兰溪古城！

是日也，天朗气清，金风拂面。上午九时三十分许，社友们从天福山告天台开始，漫步赏览了九分熟悉中又带一分陌生的章府里、章懋故居及其陈列室、胡应麟故居、牛角尖、药皇庙、双眼井、稠州公所（义乌会馆），然后在“陌上花开”餐厅——原工农路居民食堂聚饮朵颐。

下午二时，一行辞别店主，过徐氏宗祠、明著堂，忽见关闭了许久的“钱业公所”大门，铁锁已然不见。疑惑中推开青石大门，一个令我讶异的场景展现在面前：一拨建筑工模样的人，正抡着大锤，在砰砰砰地砸砖破墙。偌大一座老屋，从第一进到第三进，遍地堆满了残砖碎瓦、断板朽木……飞扬的尘土，穿过从狭长的天井射入的阳光，悠然飘向碧霄云天……

期待、预料已久的浙江省省级文物保护单位——兰溪“钱业公所”修缮工程，果然正式动工了！中标单位是一家在浙中地区颇有名声的古建筑公司。

之所以期待，是因为这座载入我的老朋友——古建筑专家、城市规划设计师、诗人作家洪铁城主编的《中国婺派建筑·兰溪卷》的“钱业公所”旧址，被称作“兰溪清代建筑的精华”。兰溪地方志书也一直如此记载：钱业公所坐北朝南，三开间三进三明堂，青石砌的天井，青石门框，砖雕站楼，泡钉大门，屋顶硬山式，阴阳合瓦，梁、檩、牛腿镂刻大量花卉、人物、禽兽，雕工精美，对研究兰溪经济发展有重要意义……

之所以预料，是因为曾经有“小上海”之誉的兰溪，至今还有一幢保存完好的“钱业公所”。相较于各种史料上的文字记述、税赋数据，哪里去找比文字、数据更有说服力的实物注脚?！钱庄，作为现代银行的前身，清代至民国时期各地都有，但同业公会未必都有；有同业公会的办公场所，历经一个多世纪风雨沧桑，至今仍然保存完好的，当属凤毛麟角。地处第一批 30 个中国历史文化街区——天福山历史文化街区的兰溪古城，若讲文旅融合，保护修缮好“钱业公所”，无疑是题中之义，水到渠成。

当然，期待、预料的背后，更令我倍感欣慰的是：一个曾经的住户，在离开故乡近四十年后，能够重新目睹、见证一幢既承载着兰溪“小上海”辉煌岁月，又承载着自己少年时代美好记忆的老屋，在一天天恢复、重现原来的模样。

而它原来的模样，毫不夸张地说，百分之八十烙在我的脑海，剩下的一小部分，则在古建筑公司蒋总和施工队员们富有经验的手底。

蒋总给我的第一印象是精明、能干、真诚。而穿着蓝色工装的施工队队长老厉，看上去就是一位实在人，尤其得知我是这幢老屋的原住民，曾经为此写过一篇《老屋》，并愿意为老屋的修复继续出谋划策时，更是立马请我留下手机号码，加上微信。恰好，修缮工程开始后的大部分时间，我都待在兰溪，而我待在兰溪的原因之一，就是为钱业公所修缮工程尽点绵薄之力。

一切都是最好的安排。

古建筑修缮是件很专业的事情。修缮工程的施工图，既在蒋总、老厉手上，也在我的心中。可以说，修缮工程的每一步、每一处，都在点燃自己少儿时代、青春年华的美好回忆。

修缮工程的第一步是拆除。1967 年，作为最先入住这幢老房子——县委党校（1952 年至 1960 年称兰溪县干部学校，1960 年改称县委党校，1963 年校址主体部分迁至大寺前东岳庙）老校舍的住户，为方便起居，已经将第二、第三进的大厅东西两边，用砖头、木板分别隔成两间，两头安了一扇门，朝南做了一面大窗，大厅中间则空空荡荡。于是，开始的四五年时间里，大厅放了一张大板桌，用来打乒乓球。直到 1972 年，我上东方红五七学校（云山小学）二年级时，仍是班级同学排演文艺节目的绝佳场地……

我一边讲，一边用手比划，施工队长老厉则一边认真、仔细地听着、记着。

从 9 月 11 日开始的八个多月修缮期间，我一共去了九趟钱业公所。每一次去，老厉似乎都有问题等着问我，而我也用手机一一记录下来。

11 月 20 日，大厅中间四根砖砌的柱子已经重新换回木柱。这四根最重要的顶梁金柱，原本就是木柱。1973 年老屋移交县房管会后，因为这四根柱子已经有些蛀蚀，为安全起见，将木柱换作方形砖柱。两侧靠墙的几根柱子，也一并作了更换。

东侧四根屋柱间，是我们家的主要起居室。记忆中的生活场景，一直可以追溯到童年和祖母同睡的那张用长条凳搭起的棕棚床，床边布满小孔的铜火熜，一张半旧的八仙桌，三把老式热水壶……

前后两个天井中，钢管搭起的脚手架上，几个工人正在施工。一直黑咕隆咚的“井堂后”，也第一次露出了真容。

而在此之前的 11 月 13 日，搞了几十年兰溪地方文史研究的施福山先生，散步路过钱业公所，拍了一组修缮中的照片发给我。我告诉他：已经去过了，并且写了一篇文章和一首诗，待修缮工程完工后，再写一文详细记叙。

12 月 5 日，阴雨绵绵。天井四周历经百余年风雨而发霉朽坏的部分木板已经更新，厨房的修缮也在进行，顶上破旧不堪的乌黑楼板，已经完成修葺。曾经几户人家共用的厨房，四周墙面粉刷一新后，一下子变得敞亮起来。通往二楼的扶梯，又换回了原来的方向。

按照我的意见，老厉在天井东侧的屋柱上标出门窗的大致高度。厢房的木地板，也按我的说法，由高低两层改成平铺。外祖父曾经在这个房间里住过整整十年。后来，木地板改成水泥地，这次算是恢复原样。

读小学时，我时常站在门窗前，看着外祖父慢腾腾地嚼饭。外祖父瘦削的颧骨，随着嘴巴一开一合，一上一下地滑动，即便只有一碗黄瓜虾皮，也照样吃得津津有味。

12 月 12 日，与几位研究文史的朋友在陌上花开餐厅小聚后，到大云山、百步梯、桃花坞转了一圈回来，又一次踏进钱业公所。

老厉好像正在等我。他让我去“井堂后”转角处看一块墙界石，说上面有字，但看不清楚。我让老厉打开手机电筒，借着侧光，终于看清上面五个阴刻大字：邓德新祀基。

可以推断，钱业公所隔壁，原先属于一邓姓人家，两家以“井堂后”为界。我不禁感叹：这个位置，我和家人们二十年间不知经过了多少回，后来又有两户邻居天天在边上吃饭，却从未发现这块长长的墙界石。

2023 年 2 月 18 日上午，我推开半掩的大门，一眼便看见里头天井通往厨房的过道边，新换的木板墙中间，镶嵌了一块巨大的玻璃，十分刺眼而不协调。

我马上跟老厉讲："这个不妥吧。先不说我们住进来时不是这样，就是清光绪年间建房时，你想想看，到哪里去找这种一二厘米厚的大玻璃？"

老厉搔搔头皮："施工图上没有，主要考虑采光好一点，又想不出什么办法，只好……"

"老厉啊老厉，其他不说，就凭这面大玻璃，这个项目怎么通得过验收？"

"那怎么办？"

"换掉，一定要换掉！"

见我如此坚决，老厉只好说："等我问过老总，实在不合适，我们就换掉，哪怕浪费一点……"

二楼施工正酣。看得出，已经腐蚀破损的梁、枋、檩、椽、砖、瓦等都做了替换、加固。本来走上去有些晃动的木地板，重新铺设后，明显踏实了许多。

二楼正中间，从曾经晾晒衣物，后来又睡过数年的房间窗口望出去，大云山、能仁塔尽收眼中。东西两边，高高的马头墙，透着浓浓的徽州味翘首蓝天。凭窗环视，我仿佛又回到了中学时代，做完作业之后，摊开外公留下的《玄秘塔碑》残本，一笔一画地临摹学书……

3 月 7 日。整个钱业公所外墙边已经搭起脚手架，披上绿色防护网。

老厉站在大门口抽烟。每次见到老厉抽烟，我都会提醒他：

“悠着点啊，这可是省级文物保护单位！”老厉总是笑着点头：“知道，知道，我们很注意的，连烟屁股掐掉都不乱扔……”

大厅东西北三面，已经全部安上新板壁。前一次说的那扇刺眼的大玻璃窗，已经拆除。部分风化糟朽的构件，也做了更换、修复。前后两个天井中，脚手架密密麻麻，屋檐和下水管已经改建，式样、用材都比先前更加考究。

老厉站在大门口等我，说：“这个包铁大门，已经有些生锈破损，可能要换，正在联系寻找生产厂家。”

“什么？老厉，这个不行，千万不能换，我马上与蒋总联系！”生怕电话里说不清楚，我索性给蒋总发了个微信：“蒋总：今天又去看了看修缮进度，不错。但刚刚听老厉说，泡钉铁门可能也要换，这个千万使不得！钱业公所的文物价值，很大程度体现在门面上，《中国婺派建筑·兰溪卷》中将这幢建筑称作‘兰溪清代建筑的精华’，如果140年历史的泡钉铁门换了，沧桑感就没有了，大煞风景。请你一定要提出来，务必予以保留。个别破损之处，哪怕略作修补，甚至不作修补，也要比换上新的好一百倍！拜托了。”同时拍了一张包铁大门的照片附上。

蒋总倒是干脆，很快回复两个字：“好的。”

我心里仿佛一块石头落地。这一趟，来得真是时候！

4月30日。从杭州回兰溪没几天，我又驱车过去察看进展情况：中厅三面的木板壁已经全部修葺一新，“井堂后”重做了一扇门，门上方似有一幅壁画——这儿曾是我们家放碗橱的地方，二十来年居然从没有发现。“井堂后”东侧界墙，已经有些倾斜、破损。我建议老厉一并整修下，老厉有些为难，说：“施工图上没有这一项。”

第一进的仿古雕花门窗已经装好，东侧上二楼的室内楼梯也已完成。第二进的台基高出第一进五个台阶，天井西侧的青石栏杆是原物，东侧栏杆这回用青石对称复制了一套，看上去同样厚重，古意犹存。

这一趟，主要想和老厉聊聊老屋外立面的修复问题，老厉也似乎正想听听我的意见。

我便直言：外墙面修复，务必尽量保持原貌。左右两个后来开的墙门，以及大门上方的窗户，肯定要封回去。门楼和屋顶破损的花沿滴水，修整一下即可。封补回去的外墙面，只粉刷到上方一定位置。原有的装饰性花纹图案，切不可粉刷遮去，否则看上去焕然一新，实际上反而失去了古建筑原有的味道和文物价值。

“好的好的，我们也是这样想的！”老厉的想法、做法，这回与我完全一致。太好了。接下来的最后一道工序，就是整幢老屋所有替换更新后的木质材料如何“修旧如旧”了。

“放心吧，这个不难，到时候你来看就是了！”老厉这回的口气，感觉比之前更有把握。

5 月 15 日上午，蒋总忽然发来微信：“王老师，在吗？”

我答：“在，请讲。”

又问：“您之前说，后堂两侧厢房木地板是平铺的，想再次确认一下，对吗？”

又答：“是的，东西两边厢房我都住过。”

其实岂止住过。20世纪80年代初，我的大部分诗作，包括处女作《夜来香》，便是在西厢房书桌上完成后发表的。在这里，我起草了大堰河诗社“社章”，一篇篇稿件装进信封寄往全国各地的报纸杂志，一遍遍地默诵、品读《艾青诗选》和海涅《诗歌集》，一次次地想象、品味歌德《少年维特之烦恼》中绿蒂的模样……

不一会，蒋总又发来四张写有文字的照片请我确认。我立马再次回复予以确定。

凭感觉，钱业公所修缮工程已近尾声。从照片上看，整个工程的最后一道工序——上漆做旧——也已经完成。而蒋总找我，可能就是为项目验收做最后的准备。

5月19日下午4时，我从对面停车场一走出来，便见钱业公所大门前，有一种久违的空旷、清静、整洁。大门上方“钱业公所”四个大字，东侧那块立在墙界石边，上面镌有“省级文物保护单位　兰溪商埠行业会所——钱业公所　浙江省人民政府二零一七年一月公布　兰溪市人民政府二零一九年六月立”的石碑，在初夏的风中，显得格外厚重而精神。

推开包铁大门，一眼望去，呈现在我面前的再熟悉不过的钱业公所，仍然令我眼睛一亮：哇！这真的是我曾经度过十七个春秋的老屋吗？这不正是我想象中的一百多年前的兰溪钱业公所吗？！

老厉独自一人，坐在大厅中间一张大桌前喝茶。

“干嘛呢老厉？县太爷升堂啊？”

“哪里，哪里。”见我到来，老厉搔了搔头笑着站起身来。

“今天上午项目验收组来过了，十来个人呢。”

“通过了？”

“通过了，尽管不算最后验收。”

“评价怎么样？”

“很好，很满意！”

这是老厉第一次使用“很”字，也让我心里很是欣慰。

老厉陪我楼上楼下全部看了一遍。我特别注意到：“井堂后”那堵界墙已经整修粉刷，太平池的水也换了一遍，变得跟从前我们住在这里的时候，甚至140年前钱业公所竣工时差不多清爽，可以重新养鱼放龟了。

10月15日，连绵秋雨后的一个大晴天。

下午两点半，修缮后静静地等待了四个多月的钱业公所，迎来了第一批特别的参观者——大堰河诗社“秋之约”雅集活动全体社友。兰溪市文旅集团特地安排了几位工作人员，既是陪同，也是为了修缮后的省级文保单位的消防安全。尽管，这儿距离钱塘江（南源）中上游兰江——兰溪人、浙江人的母亲河不过三百来米。

钱业公所，一座千年兰溪古城复原后的新去处，正在徐徐拉开帷幕……

2023年10月

陌上花开

走进“陌上花开”，内心便有一种穿越的感觉。

不是穿越回汉乐府诗《陌上桑》，尽管那是一首绝美的诗歌：“日出东南隅。照我秦氏楼。秦氏有好女。自名为罗敷。罗敷善蚕桑，采桑城南隅。……”

也不是穿越回“陌上花开，可缓缓归矣”。尽管据《十国春秋》记载，这是“陌上花开”的出处。钱镠，乱世中一个盐贩子出身的武将，做上吴越国王之后，居然能对夫人说出如此温婉深情的话语，实在让人讶异。

这里说的“陌上花开”，是位于兰溪老城云山路 51 号的一家特色餐厅。如果时空往回穿越四五十年，这里也曾是兰溪县城知名度颇高的一个吃饭处——工农路居民食堂。

20 世纪六七十年代的工农路居民食堂，不仅是周边居民搭伙吃饭的地方，也是工农路居委会的办公场所，还是居委会召集居民开会学习的大会议室。

这是幢建于清末的徽式老建筑，面阔很宽，前后四进，中间有三个天井，最里头通向一个晾晒衣物的小杂院。天井四周的梁柱上，有许多精美的木雕图案和牛腿。大门很高，高出马路十来步台阶。不知道老房子最早作何用处，反正我知道它的时候，这里一天到晚就两个字：热闹。

天刚蒙蒙亮，食堂里便飘出了阵阵粥香。在这里吃早饭的，大抵是家住附近的居民，也有远至南门外一些习惯吃食堂饭的人。除了粥，还有热气腾腾的豆浆、馒头，两分钱一碟的小菜和三分钱一根的现炸油条，却一直不烤带饼。带饼油条的口感似乎一直是南门饮食店的好。

吃午饭的人相对少些，最多的当然是吃晚饭（兰溪人叫“吃夜饭”）的。小学四五年级时，大约有一两年，几乎每天放学回家后，我都要拿着“杭州篮”，去居民食堂给外祖父提饭。那时的饭有两种：一种是食堂统一用陶钵蒸的，通常半斤一钵；另外一种是先买饭票，然后按自己的需要量米蒸饭。外祖父属于后者，而且那只独一无二的平盖砂罐，不怕烫手的烧饭师傅，每次都会帮着先从木蒸笼里端出来放进篮子。

偶尔去得早了，开饭时间没到，我便会去大门内东侧赵会计办公室兼卧室转转。赵会计是个极和气的长者，理个平头——虽然早已谢顶，白白净净的国字脸，有点发福。每次见到我等小辈，总是笑眯眯地说上几句话。床里面的墙壁上，挂着一张赵会计自己的黑白头像。我从没问过赵会计是哪里人，但听口音不像兰溪人，至少不是城里人。

有时也会到卖菜的窗台上瞧瞧。70年代的居民食堂，一毛钱一碗的青椒肉丝就算荤菜了。番茄炒鸡蛋八分，其他素菜如茄子、黄瓜、冬瓜、豇豆、落汤青、红烧豆腐之类，一般只要五分甚至三分钱一碗。居民食堂的常客，不少是干体力活的，只要吃饱饭就行。二角九分一斤的黄酒，即便喝，也就一碗，半斤。然后坐在食堂第二进的长条桌椅上，就着饭菜，慢慢吃上半天，嗓门也越吃越大。

居委会主任那时叫主委，有点补贴，估计也不多。“文革”时期的主委，其他做些什么事不清楚，但晚上召集居民不定时开政治学习会，大概是最重要的。除了挨家挨户口头通知，还要念文件、读报。我至今印象很深的一个镜头是：1971年“九一三事件”（即林彪叛逃事件）后，相关文件材料的传达学习，直到1972年夏天，还在居委会进行。当时的主委是位瘦瘦的中年妇女，姓汪。略鬈的花白头发，戴副近视眼镜的汪主委，念文件的声调超级催眠，直到最后一声“散会”，挨着祖母睡着了的我才迷迷糊糊地醒来，然后拎上各家自带的竹椅、小矮凳，随一大帮与祖母差不多年纪的人，慢慢腾腾地回家。

“文革”结束后，晚上的政治学习会基本不开了。有段时间，大约1977年下半年吧，我时常和高一几个同学一道，晚上去居民食堂听说书——兰溪人叫“讲大书”，内容为“说唐”“乾隆皇帝下江南”之类。一角一位，有杯茶，吃瓜子则要另外花钱。

说书的是位面色绛紫的中年艺人，面朝西坐着，桌上放个满是茶垢的搪瓷杯。每天讲着讲着，正到精彩处，只见他右手举起惊堂木，“啪”地猛敲下桌子：“欲知后事如何，且听下回分解！”这叫卖关子。“薛仁贵征东”的故事，便是从那时开始知道，尽管不太知道薛仁贵征讨的就是高句丽，而高句丽王朝的历史，直到今天还是那么复杂。

再后来，居民食堂的功能慢慢变了，我也离开兰溪老家赴杭求学。工农路居民食堂，渐渐地变成了一个曾经的名字，一段记忆。

工农路与云山路合二为一后，云山路成了横贯兰溪老城东门外到南门码头的一条路。“阡陌”一词，出自陶渊明《桃花源记》：“阡陌交通，鸡犬相闻。”阡，原意为南北走向的土埂；陌，即东西走向的田间小路。云山路果然是一条东西走向的路。

苏东坡一千年前任职杭州通判时，一次去临安，有感于吴越国王钱镠“陌上花开，可缓缓归矣”书及里人之歌，兴作《陌上花》三首。其中一首云：“陌上花开蝴蝶飞，江山犹是昔人非。遗民几度垂垂老，游女长歌缓缓归。”

陌上花是美的，陌上花开的季节，让人感怀过去，也让人憧憬将来。

2018 年 8 月

三访陈家井

在今天的小学生看来，这也许算不上一次郊游。可是，在 1974 年的我们眼里，不仅算得上，而且那一天游玩的细节，至今依然记得。

陈家井村，位于兰溪县城北郊，当时属于岩山区路口公社。以那时的道路交通计，可谓远郊、乡下，毕竟离城有约六公里。我和同学之所以兴致勃勃去游玩，是因为有位姓童的同学，哥哥姐姐都下放在陈家井村。

尽管有六公里左右，但我们似乎不觉得很远。从县城人民路官桥跳上手扶拖拉机，二十来分钟就到了。

跳手扶拖拉机的本领，之前从南门小猪市口去人民路看小人书的时候，我就学会了。只要胆子够大，跑步速度够快，抓住拖拉机栏杆或挡板助跑几步，“嗖”地一下便上去了。这是当时许多男同学都会的拿手小技。

那天跳的是一辆空车。一跃而上之后，便朝邑厉坛、黄溢方向突突突疾驰而去。

邑厉坛，也叫一里坛，兰溪话里属音同字不同。后来知道，1942 年 5 月 28 日，日军侵占兰溪县城经过邑厉坛时，日军第十五师团长酒井直次中将在此被国军埋设的地雷炸毙。

黄溢名声更大，那时倒不是因为黄大仙，而是黄溢村的蔬菜。特别是唯有种在黄溢一带才味形鲜正的一种菜——落汤青，后来被冠以“大仙菜”的名字广为传播。这跟外圩洲后来被冠以“灵羊岛”的名字一模一样。

那天天气特好，阳光灿烂。20 世纪 70 年代，兰溪的工业企业数量是周边各县不能比的，“小上海”余晖犹在。过了铁路，左侧是兰溪农药厂，再往前，沿途还有两家蛮大的兰溪钢铁厂、兰溪电缆厂，都在石阜岭、白沙岭右侧。再往前是黄泥岭，过黄泥岭不远，我们就开始做跳车准备了。

跳下来跟跳上去一样，对我们来说是小菜一碟。

可事情就那么凑巧、冤枉：双脚点地、正欲快速跟跑几步的一刹那，我平日扣在皮带上，并用一条草绿色尼龙细绳系着的钥匙串，忽然卡在手扶拖拉机后挡板的缝隙中，整个人被猛地一拽，踉踉跄跄往前扑倒在地……五六枚钥匙，连同一把折叠小剪刀，扣子被扯断后全部散落。更要命的是，因为只穿着短衣短裤，足足摔了好几米的这一跤，把我的双手、胳膊肘、脚膝骨头的皮肉擦去几大块，殷红的血，立马渗了出来……

我忍着剧痛伸伸手脚关节，万幸，似未伤到筋骨。又忍痛和同学一起，沿着砂石公路，把散落在地的五六枚钥匙，一一找了回来。就差折叠剪刀，可能卡在手扶拖拉机里头了。

“怎么办？先到村里找赤脚医生看看，还是回去算了？”同学问。

我犹豫了几秒钟：“来都来了，摔也摔了，不回去了。”

“那好吧。”

于是，两个人七拐八拐——陈家井村地处丘陵，窄窄的土路高高低低、弯弯曲曲——首先找到大队医务室。医务室就一间小屋，没人，也没几样药品，红汞、蓝汞和药棉倒是放着。我便撕了块药棉，蘸上红药水，把手上、臂上、膝上的渗血处全部涂了一遍。疼痛感一下子好了许多。

来陈家井游玩，本是听这位同学说，这里桃子不少，杨梅熟未熟不知道，还有芋艿、番薯、包萝——兰溪人把玉米称作包萝。可是，两个人在偌大的村前屋后踅来踅去，也没摘着几个像样的桃子。肚子却有点饿了。

我们便到同学哥哥姐姐住的“知青屋”去找吃的。

屋子在一山坡上，看上去有些简旧。门虚掩着，没有人，应该都到生产队劳动去了。屋里的地面比门槛还要低一两步，显得又矮又暗。屋子里除了杂乱堆放的农具，一张像样的桌子也没见着。揭开灶台上的锅盖，番薯倒有一些，尚带微热。于是两个人一口气啃掉几个，又倒了碗热水，歇上一会。

我忽然莫名地想起一个问题：“陈家井，是不是应该有一口井呢？”

“不晓得，大概有吧。”

“我们去找找，或者问问看？”

“算了吧，”同学指着我手上、膝盖上的大片红药水：“要不，等杨梅成熟，你的伤好了，我们再来一趟，到时候再去找？”

“也好，那就下次罢。”

两个人在屋角又挑了几只番薯、几根包萝，装进一只袋子，再到公路边重新跳上过路的手扶拖拉机回城。有了番薯、包萝，感觉这一趟还是有收获，尽管摔了一跤，付出了血的代价。

等到杨梅成熟，忘了什么原因没有再去。第二年初夏，与这位同学说好再去，最终又忘了什么原因，还是没有去成。两个月后，我们便从东方红小学毕业了。

等到第二次造访陈家井村时，已是二十来年后的1995年。此时的陈家井村划归了香溪镇。

那一年的陈家井村，因为一个人，一度成了省内外新闻媒体的焦点。这个人便是杨东海。

1987年，作为挂职担任陈家井村党支部书记的兰溪市委农工部副部长、农经委副主任，杨东海把自己的全部心血交给了陈家井村。强支部，垦山地，种杨梅，兴水利，筑道路，建学校，与村民们结下了深情厚谊。陈家井村的一千多村民，也深爱着这位“党的好干部”“人民公仆”“农民的挚友”。村边的杨东海墓，村口公路旁正在建造中的杨东海纪念馆，就是最好的见证。

彼时的我，正在金华《信息参考报》（后更名《浙中新报》）总编岗位上。看到《浙江日报》《金华日报》和兰溪当地新闻媒体的长篇报道后，我也专门安排了记者采访和版面。

但总觉得还不够。因为，杨东海感人事迹的背后，我与他还有一份恰巧的邻居情。

20 世纪五六十年代，杨东海家与我们家同住县城章府左巷，是隔壁邻居。虽然他长我十多岁，读小学时，我们家已搬至章府门口“钱业公所”旧址，但我时常去一位仍住在那里的同学家玩。杨东海不常回家，偶尔碰见，却总会打个招呼，或者说上几句。他留给我的全部印象，可用“和善”二字形容。

正因如此，趁着冬至前后的一个休息日，我特地骑上摩托车，沿兰浦线柏油路——70 年代的砂石公路已经一去不返——直抵陈家井村。

杨东海纪念馆正在兴建中。村口有不少人进进出出，外地的，尤其是单位集体组织的，大都为祭奠杨东海而来。

杨东海墓位于村西南团石山顶，苍松翠柏间巨大的墓碑和碑文，配得上他为陈家井村的付出，配得上浙江省、金华市、兰溪市三级党委政府追授的各种荣誉称号。

从团石山下来，走到停放摩托车的地方，我猛然发现，自己当年跳手扶拖拉机的位置，就在杨东海纪念馆前。禁不住感叹：东海大兄，我二十年前那一趟，是为你到陈家井“打前站”呢，还是为你十多年后挂职住“知青屋”先探个路？

人生有些事情，的确就在冥冥之中。

第三次专程前往陈家井村，则是又一个二十来年后的初冬。此时，距我离开兰溪已经四十个年头，陈家井村也已划归云山街道。

2023 年 11 月 29 日上午，忽然起意去陈家井村看一看。2020 年以来，我从杭州回到故乡，驱车踏访了浙中地区许许多多江边、溪岸、平原、丘陵、山区的乡村，除了感受依然如故的古朴清朗，也感受到了家乡近些年来道路交通、农业业态、村容村貌，以及村民精神面貌的巨大变化，并专门创作出版了一本《献给乡村》的新诗集。然而陈家井村没有去，我得补上。

沿着拓宽完工不久的兰浦公路，不一会便到了陈家井村。现在的行政村村口，大都建有新颖美观的村牌标志。

我把车子停在杨东海纪念馆前，恰好一批穿着警服的警察从纪念馆结束参观出来。我走进去，管理员小章听我说明来意，便陪同我参观，并将刚刚重新修缮布置、尚未正式验收的纪念馆展板和陈列物品介绍了一遍。我发现有两处图片文字说明不很妥当，小章立即拿笔记本记下。

整修后的纪念馆焕然一新，“东海精神”倍加抖擞。

在一个陈列着 1995 年 6 月《浙江日报》《金华日报》和《时代先锋》杂志的玻璃柜前，我请小章打开柜子，小心翼翼地将这几份报刊取出拍照留念。这些登载着杨东海感人事迹的已经有些发黄的报刊，随着时间推移，愈加显得珍贵。尤其是 6 月 26 日《浙江日报》头版的长篇通讯《党的好干部杨东海》，标题由时任浙江省委副书记刘枫同志题写，影响广大。三位采写长篇通讯的记者我都熟悉，前两位已经辞世，但他们的名字，与杨东海一起永远留在了陈家井村。

“杨东海纪念馆”六字，则由时任省委常委、宣传部部长，后任省委副书记的梁平波同志题写。

这在浙江历史上恐怕是绝无仅有的。这不是什么待遇，而是荣誉——那个时代给予一个纯粹的人民公仆的崇高荣誉。

从团石山杨东海墓走下来，我看见，公路对面一眼望不到头的山坡上，早过了丰收季的杨梅林，依然郁郁葱葱。一幢幢村民新建的别墅式小楼，高低错落地遍布丘陵平地之间。陈家井大了很多，如果没有村口的村牌标志，没有杨东海纪念馆，我已经不认得 1995 年的陈家井，更不用说 1974 年的陈家井了。

陈家井村是我少年时代一次郊游留下的印记。要不是因为杨东海，我可能不会有第二次、第三次造访，但既然有了，那就可能还会再去 N 次。

除了看望我的老邻居杨东海，感受浙中地区乡风村貌的变化，是不是还应该找找那一口半个世纪前就想知道的“陈家井”呢?

2024 年 1 月

梨膏糖的味道

梨膏糖，甜味中带一点中药味，带一丝清凉，掰一小块放进嘴里，慢慢化开，差不多就是20世纪70年代的味道了。

梨膏糖除了吃，如果还能用来“唱”，那在当年的“小上海”兰溪，便又跟一个家喻户晓的人联系在了一起。这个人的艺名唤作筱童莉。

筱童莉姓王，名柏生。这个，绝大多数兰溪人并不知道，似乎也不必知道。就像“唱梨膏糖”，在曲艺中唤作“小热昏”，又叫“小锣书”，是广泛流行于江浙沪一带的传统吴语曲艺谐谑形式，是马路说唱艺术的一种。

小热昏的创始人，是清末民初杭州城一个叫杜宝林的人，以卖梨膏糖为生。为了聚集人气，他以“说唱朝报”的形式卖梨膏糖：敲起小锣，唱起小曲，以糖代票。由于他嗓音洪亮，语言幽默风趣，说唱内容多讽喻当时社会黑暗现象。为了免遭迫害和麻烦，他自取艺名“小热昏”，意思是说唱的都是发热昏时的胡话，不能当真。

杜宝林在浙江各地收过不少徒弟，兰溪也有。先是何一峰，艺名“筱红莉”，何又授艺徒弟俞龙，艺名“筱乐莉”。俞龙又有两徒弟，一个“筱玲珑”王树人，人称“长子老王”；另一个便是“筱童莉”王柏生。也就是说，筱玲珑、筱童莉是同门师兄弟，只是到20世纪70年代中期，师弟的名声渐渐盖过了师兄。

盖过师兄的原因，一方面是年龄因素，另一方面，就是筱童莉“唱梨膏糖”更为通俗诙谐的功夫、特色、味道了。

筱童莉中等身材，偏瘦，一只装着梨膏糖的箱子背在右肩时，整个人便朝左前方斜着走。唱梨膏糖一般夏天居多，一条薄薄的浅蓝色长裤加一件白色圆领汗衫，几乎就是标配。

筱童莉眼睛没毛病，甚至还很好使。可一唱起梨膏糖来，两只眼球几乎全白，眼珠子剩下三分之一到四分之一“盯”着天空——尽管夜晚的天空只有星星月亮。那模样，说“盯”，其实也不准确；说“睨”，更没那意思；说白愣白愣“翻白眼”吧，四周咧着嘴在听的，都是他的衣食父母。兴许，找不出一个合适的词去准确形容的眼神，才更加“筱童莉”。

除了唱，筱童莉的脸部表情，也很有些相声、喜剧演员的看家本领：哪怕观众被逗得哈哈大笑，筱童莉的脸部肌肉，始终跟着自己的唱词走，不为观众情绪所动。不仅不为所动，筱童莉还有调动观众情绪、气氛的本事，哪个点会有笑声、喝彩声，心中老早拿捏得八九不离十。

还有那面小铜锣，当当当敲几下，算是“吊棚子”聚人气。地上画一圈白线，就成了无形的栏杆。煤气灯也在小锣声中越来越亮、越唱越旺。

卖关子是必须的。唱完一曲半段，精彩处话锋一转，或用力“当”的一声戛然而止，然后拿出装满梨膏糖的钢精盒：来来来，自制的梨膏糖，化痰止咳，生津补气……

20 世纪 70 年代，筱童莉在有四万多居民的兰溪县城，唱梨膏糖的“据点”是相对固定的。火车站前、官桥、东风广场、人民剧院门口、朱家码头、兰江大桥头都是。当然，唱得最多、人气最盛的，还是人民路花园巷口和东门头。

筱童莉唱梨膏糖，都是自编自演。一共编过多少个，没人知道，但在那个听惯看厌了革命样板戏的年代，听筱童莉唱唱《一分钱，一两米》什么的，似乎更有味道，关键还不用花钱买票。

说起来，我与筱童莉尚有一面之交。

1982 年 5 月，兰溪县文联成立。筱童莉王柏生当选戏曲工作者协会副主席，我则当选文学工作者协会理事。大会间隙，我跟他开玩笑说：“所有代表中，知名度你最高，不过姓名后面要加上‘小铜梨’三个字。”

他听后哈哈大笑——这是我多年听他唱梨膏糖所见到的唯一一次笑的样子。曲艺工作者，大都把欢笑留给观众，自己内心，却默默担着一份不为人知的艰辛、不易。

没过多久，我去南门彩衣巷口的粮站买米，看见北边不远处，筱童莉正蹲在家门口马路边，用小木柴生煤饼炉。我便走过去打招呼，并坐在他家门口的小矮凳上，跟他闲聊了一会。具体聊了些什么，忘了，但万万没有想到的是，这一聊竟成永诀！

那时，我一直想当然地以为他的艺名是“小铜梨”：梨，梨膏糖；铜，小铜锣；小，曲艺界习惯在前辈艺人名字前加个“小”字，如小彩舞、小六龄童、六小龄童……其实错了。当四十年后的今天，再次想起这位因一起意外事故故去了二三十年的兰溪曲艺界知名艺人时，一位曾经担任市文联、市政协领导的朋友明确告诉我，王柏生的艺名乃“筱童莉”三字。

朋友还发来几张照片，是由筱童莉生前演唱、何志成记谱整理的蜡刻油印本，内容一为《全家福禄》，一为 20 世纪 70 年代兰溪城里人大多能哼上几句的《一分钱，一两米》。

20 世纪八九十年代后，人们的文化娱乐方式日趋丰富、多元，兰溪城里，很难再现几十上百号人站着围着欣赏唱梨膏糖的景象。为了生计，或许也有对曲艺事业一份执着的热爱，筱童莉便将活动半径延伸到了乡下，特别是农村集市——兰溪话叫“赶会场”，一直坚持到了 1996 年冬至上坟的一次意外事故……

为写这篇纪念的文字，我特地网购了一盒上海老城隍庙梨膏糖。配料上写着：白砂糖、葡萄糖浆、苦杏仁、梨膏、前胡、桔梗、枇杷叶、制半夏、天花粉、紫菀、款冬花、橘红、香橼、茯苓、冬瓜籽、桑叶、川贝母。看上去，现在的梨膏糖配料有十七种，而梨膏，只是十七种成分之一。

拆开两层精致的包装，尝了几块，除了一点儿甜味、中药味，再也吃不出 20 世纪 70 年代筱童莉自制的装在钢精盒里的梨膏糖的味道。

更不必说，筱童莉用来唱的梨膏糖的味道了。

2023 年 11 月

补记：写罢此文月余，碰巧一朋友在视频号上做了一期兰溪早年唱梨膏糖的节目。关于艺名中“筱”“莉”二字，另有“小”“利”“俐”等几种说法，各具来由。没有任何官方档案资料，没有明确的文字记载，也没有办法请王柏生自己再来确定。或许，这就是那一代民间说唱艺人的真实写照吧。

附：《一分钱，一两米》（王柏生创作演唱，何志成记谱整理）

小锣当当一敲起，
我一人上台唱台戏哎～（小锣）

开场噹一噹，
唱两句，啥东西？
勿唱高来勿唱低，
勿唱别人勿唱自，
勿唱金华到兰溪，
从古历代也勿唱，
勿唱杭州到诸暨。（小锣）
究竟唱两句，啥东西？
听我唱一节，
一分钱来一两米。（小锣）

有两位朋友讲，
分把洋钱两把米，
根本是件小事体。
一两米，不过是，二口饭；
一分洋钱买勿来，啥东西。
要侬跑到台上来，

呱啦呱啦多来提！（小锣）

同志们，虽然是，
一分钱，一两米，
讲来是件小事体。
侬可晓得我们全中国，
十亿多人口，
合并起来了不起！（小锣）

每天每人节约一分钱，
全国全年并拢来，
共有那，三十多亿人民币！
每天每人节约一两米，
全国全年并拢来，
一共有，二百三十七亿多斤米！（小锣）

二百三十七亿多斤米，
如果拿来汽车装，
一辆一辆接着装，
也要开上一万九千九百九十九公里！（小锣）
如果拿来改用火车装，
也要装上二十万部火车皮。
火车往东开，
车头开出山海关，

车尾还在新疆的乌鲁木齐！（小锣）

二百三十七亿多斤米，
如果拿来换黄金，
也要装上一节火车皮。
如果拿来卖钞票，
也要将近三十多亿人民币。
票面都是一块的，
如果叫侬点一点，
侬就是，勿吃勿困勿休息，
点上三年也点勿光，
介许多人民币！（小锣）

三十多亿人民币，
票面都是一块的，
如果叫侬一张一张接着摆，
摆过江，摆过海，摆过洋，
摆过英国法兰西，
还要摆过欧洲非洲澳大利，
摆过印度尼西亚，摆过加拿大，
还要摆过土耳其，
环绕地球全世界，摆一摆，
也摆勿光，介许多人民币！（小锣）
……

药材好，药，才好

用一句广告语作为文章标题，并非心血来潮。

这里的药，自然是指中（草）药、中成药。中医离开了药材，就失去了根本。故而，全国各地的中医学校、学院，20世纪90年代后纷纷更名中医药大学，道理上一定是对的。

不过，这里不想说太多道理，更不想与人论辩中医的长短是非，仅记叙一点自己的亲身经历、感受感想。

中医，上古时期应该就开始有了。中医医生，南方民间先前也叫郎中。

我的外祖父就是一位郎中。外曾祖父是清末徽州歙县的读书人，这个我知道，但是否也是一位郎中，外祖父在世时，我年纪尚小，不曾问过。民国初年，外祖父离开徽州歙县到金华谋生时，随身携带的竹箧中，装着不少盖有外曾祖父篆体印章的线装中医药书籍。从这点看，外曾祖父应该也是懂医的。而外祖父在金华的第一个落脚点，便是一家名为“萃济号”的药行。民国六年（1917）秋末，外祖父在与一同事的合影背面，留下一段工整俊秀的文字记述。然而，外祖父除了20世纪40年代日寇侵华时避难兰溪东乡麻车桥，以“詹载凡中医内科”行医谋生外，并未开过中医诊所。

儿时的记忆中，每每外祖父开了药方，我们到南门药店抓取回来后，外祖父总要摘下眼镜，一帖一帖打开来看过、嗅过、掂摸过，有时甚至再用小铜盘秤称过，才嘱咐入罐加水煎熬。中医的望、闻、问、切，一些常用的中药材，我最初的印象便来自外祖父。彼时，课本上鲁迅先生《从百草园到三味书屋》《药》以及《父亲的病》还没有读到。

1977年正月，外祖父高寿谢世。

这年暑假，因母亲已调至县医药公司工作，刚刚初中毕业的我，便去医药公司位于县城东郊曹家的饮片加工场（中药材仓库），做了近两个月的临时工。暑假做临时工，是那个年代的时尚。之前一年暑假，我平生第一次去人民路冷饮室做临时工，包包棒冰，打打酸梅汤，挣几块学费、零花钱，便觉开心。

从城里到饮片加工场，得翻过铁路。右边，是一个很大的长满水葫芦的池塘；左边是一片稻田，中间一条小路，径直下去到三岔路口上坡便是。

中药饮片加工，既是个体力活，更是个技术活。中草药从洗净、浸泡、切制、晒干、装贮，经过一番加工炮制，成为具有一定规格的成品，通称饮片。

饮片加工场负责人姓唐，皮肤黝黑，像个种田的农民。似乎没有人叫他场长，都唤“唐老爷”。唐老爷工作异常认真。上班第一天，便很严肃地对我们一帮暑期打零工的中学生训话：“中药材加工炮制是有规范的，跟着老师傅认真学、好好干，三伏天是一年当中饮片加工最好、最重要的季节，知道没有！”

唐老爷自己也以身作则。尽管那时已经有了切药机、筛药机、粉碎机等机械设备，但每天不同的药材浸泡、手切机切，甚至翻晒，唐老爷穿着一双拖鞋、一条制服短裤、一件汗衫背心带头干，样样都不含糊。

记忆最深的一个镜头是：一米多高的盛着自来水的大池，一大包四四方方的中药材，唐老爷抓着一头，我等抓着另外一头，然后齐声喊“一，二，三！”扔进水池后，唐老爷又会吩咐：“一号池中午捞，切好后马上晒出；二号池浸一夜，明天上午再捞。不要忘了！”

盛夏，太阳最是毒辣，却也是一年中炮炙饮片的最佳时期。

那时的药材炮制，主要靠太阳晒，而不是烘干机烘。饮片加工场中间广阔的水泥地，就是一个大晒场。烈日下戴着草帽，穿着长袖，用竹耙将饮片翻上几遍，傍晚时分又快速收拢装袋，过秤入库，颇有点农忙“双抢”的味道。不过，更有味道的，还是傍晚从最高处的饮片仓库门口出来，坐在双轮老虎车上，沿着水泥斜坡，鞋底轻点地面控制方向，一路滑行几十米，拐个弯，直到晒场边才停下来。

兰溪药帮历史上是出了名的，诸葛药业世家名人更是多不胜数。县医药公司附设的饮片加工场，便有好几位懂药材、善炮制的诸葛师傅。

饮片加工炮制，讲究质优形美味佳。

老底子的原药，要通过拣、筛、刷、刮、淘洗，然后经过水泛、漂净、蒸煮，待柔软适度，再行切制，宜薄则薄，宜厚则厚，均以切片美观平整、易煎出汁为标准。谚云“白芍薄如纸，槟榔会起飞”即是一例。

藿香、佩兰、荆芥、薄荷一类芳香草药，则要晴天切制，以利当天切片，当天晒燥，保持其芳香药味不变。丹皮在农历十月，全年用量一次性加工，甏皿存放封存，常年备用。制元胡则要净洗后用醋拌匀，再蒸至元胡里面呈姜黄色，再次浸入醋内，待醋被吸入后，又蒸一次，最后晾干，等到软硬适度切成薄片，光亮润泽，质佳形美。

中药材除了切制加工外，还有许多需要炮炙。

兰溪药行常用的炮炙方法有清炒、土炒、麸炒、米炒、酒炒、炒黄、炒焦、炒炭、蜜炙、醋炙、盐水炙、姜汁炙、煅、煨、蒸、飞等。如常用的麸炒枳壳、酒炒白芍、米炒于术、土炒白术、焦山栀、焦山楂、焦六神曲、地芋炭、侧柏炭、蜜炙冬花、蜜炙黄芪、醋炙鳖甲、龟板、盐水杜仲、姜汁竹茹、煅牡蛎、煅海蛤、煅代赭石、煨玉果、煨川练子、蒸黄精、蒸熟地、飞朱砂、飞芦甘石等等。不论炒、炙、煅、煨，都得讲究火候，防止药物燃烧失性。炮炙的目的，是缓和这些药物的性能，消除毒性，引导药物归经，提高治疗效果。

这些都是老底子，或者说新中国成立前兰溪中药饮片加工炮制旧法。当然，各大小药行、药店之间，药材品质也有差异。大药店除了零售，还自制丸、散、膏、丹、胶、露、曲、酒等中成药，聘有坐堂中医，代客煎药。

到了20世纪50年代，兰溪药材营业部中成药加工场建立，始有成药和部分统一规格的炮制中药批发供应。60年代，《浙江省中药加工炮制规范》出台，又有了机械代替手工操作，中药加工炮制效率大幅提高。

再后来，“文革”时期，公私合营，天福堂药店并入县医药公司，饮片加工场也随之扩建，并迁址县城东郊曹家。待我1977年暑假做临时工时，饮片加工场及中药材仓库，已经是曹家一带最好的建筑了。从库房东南角窗户望出去，就是那棵苍老高大、枝繁叶茂、名头响亮的“曹家樟树”。

第二年暑假，我又一次去饮片加工场打零工。此时，除了唐老爷刚刚被提拔到公司当了副经理，其他一切照旧。

两回零工打下来，让我对中药材的炮制加工有所了解，心底有了点感情，甚至于一闻到中药味，便会想起加工炮制的场景。

其实，当时饮片加工场炮制的药材，只占中药品种的很小一部分，多为地产药材，也有外地调购的药材。

中药材的种植生产，不仅受土壤、气候、阳光等自然条件的制约，还要受价值规律的影响。新中国成立前，兰溪地产药材以野生采集为主，人工栽培为辅。新中国成立后，从外地试引种的药材品种不断增多，有的成功，多数则因水土不服而被自然淘汰。各种中药材的收购，也由过去的私营药行、药店自营，一步步到公私联购分销，再到70年代由县医药公司统一购销。

农村的药材收购网点，则遍布于基层供销合作社。那时候，人们普遍比较朴实、简单，无论采集、种植、收购中药材，一是一，二是二，如同白纸黑字的收购价格和代购的手续费率。

又过了几年，不知是否天意，1981年5月底，我正式跨入工作生涯的第一站，竟然就是兰溪县医药公司批发部。当时的批发部在和平路柳家巷口，内分中药、西药两大块，中药在南侧，西药和玻璃器化在北侧。

一走进去，一股中药材特有的清香便扑鼻而来。南侧越往里走，药香味便越浓郁，置身其中，似乎身体有点小毛小病，熏一熏，也就好了。

有一位同学，更是隔三差五来我这里转悠，说："你这里，真好！"

"好什么？"

"味道好！"

后来，不少同学朋友也都这么说。有的甚至还说，自己平时没事没病，会特意去药店的中药柜台前站一站、闻一闻。

乍听有点好笑，但我相信，这，绝不是病。

中药原药、饮片、成药的贮藏保管，有一套严格的规范。若是贮藏保管不妥，就会出现虫蛀、发霉、泛油、变色、气味散失、风化潮解、腐烂、粘结等变异现象，药物的形态、有效成分会大受影响。生产、加工、运输、保管，温度、湿度、空气、日光，甚至贮器，一样都不能忽视。哪怕一家零售药店都很重视。比如当年我住的公司宿舍楼下的兰溪药店，一楼正对人民路的是店门，店后面为代客煎药处，二楼则是规范有序的药店库房。每天晚上躺在三楼，仿佛梦里都飘着淡淡的中药味。

说起来也是缘分，我在医药公司批发部那几年，家人亲属中同吃药饭的，竟有六七个之多。更有意思的是，二十来年后，在我离开兰溪、金华调往省城工作后，我的寓所，竟然又与杭州鼎鼎有名的中华老字号——杭州张同泰药店邻近。

张同泰药店始创于1805年（清嘉庆十年），与胡庆余堂、方回春堂、叶种德堂、万承志堂齐名。很长一段时间里，我每天都要从张同泰药店门口经过数回。药店南墙边有三棵银杏树，每年从翠绿到金黄，从繁茂到干枯，禁不住让人心生感慨。

偶尔也会走进高敞的店堂，药香浮动中，看着倚墙壁立的药柜药斗药具，如见故旧。有一次，大约五六年前，因老妈患脉管炎，遵医嘱开了几帖中药辅疗。药包取到手时，却让二三十年没有配过中药的我甚感意外：怎么那么大包？

便问店员："这么大，不会弄错吧？"

柜员笑答："现在的中药，都大。"

"是用药量增加了，还是……"

"药材不一样吧。"

"哦……"

走出张同泰药店青石大门，望着外墙上"道地药材，岐黄正传"八个大字，心中又是一阵感慨。

兰溪人提起中医中药，就会有一种自豪感。的确，有"三江之汇、七省通衢"之称的兰溪，本身就是一个不算太小的移民城市，也是浙江中西部药材集散地。

从清代直至民国时期，江边曾经的几十个水陆码头中，有一个便是"瀫西药业公所码头"，专供药材运输装卸。瀫西药业公所位于县城天福山的药皇庙，读小学时，我一位要好同学就住边上。每每相约出去玩耍，去得早了，便在药皇庙门口的青石台阶上坐着等一会。那时不知药皇庙祀奉何人，更不知这里老底子叫瀫西药业公所，并曾是兰溪中医专门学校校址。

瀫水，原指衢江，后亦泛称兰江。瀫水之西，尤其诸葛、永昌、游埠一带，旧时以药业为生者众多。明清以来，兰溪药业向外扩展，兰溪人在外地开设的药行、药店不下五百家，从业人数多达五千以上，远至陕西、山东、江苏、福建、安徽、江西、广州、香港，近如本省的温州、丽水、衢州、杭州、金华及所属各县，都有兰溪人开的药店。

清初兰溪文人名士李渔，之所以长在江苏如皋，即是因为其父亦为“兰溪药帮”中人。

兰溪历史上还盛产半夏、山栀、前胡、白术、乌梅、百合、枳壳、白芍、荆芥、薄荷、桔梗、紫苏、棉茵陈、南星、桑白皮、天门冬、香附、青木香、丹参、乌药、苡仁、麦冬、茱萸、马兜铃、车前、夏枯草、地丁草、松花粉、蒲公英、石菖蒲、蔓京子、山甲等中药材。

兰溪历代也不乏名医。尤其清代至民国时期，更是名医名师辈出。张山雷的名字，兰溪人现已如雷贯耳，并有山雷路、张山雷中医药文化研究中心为证。张山雷悬壶济世、授业著述最重要的人生阶段，便是在兰溪中医专门学校度过的。1928 年，该校由瀫西药业公所接办，校址迁入药皇庙，张山雷仍任教务主任。

而 1951 年 5 月便与姜振东一道接管地方国营“人民中药社”的父亲，最为亲近、最为信任的，则是名医王赞纶。不仅因为王赞纶是女埠区委驻地黄店人，是张山雷的高足，更因为父亲知其医者仁心、有口皆碑。王赞纶每每来家中小坐，或闲聊，或把脉开方，言谈举止中，无不透出令我至今难忘的儒雅谦厚之气……

现如今的中药材，基本上为人工种植。

人工种植的中药材，质地与张仲景、孙思邈、朱丹溪、李时珍甚至张山雷所处的时代，已不可相提并论。即使与 20 世纪 70 年代末 80 年代初我在医药公司饮片加工场、批发部工作时相比，亦不可同日而语。何况，现在常用的五六百种中药材，相当一部分，因为各种原因，已经被替代使用。所以今天，即便你手持《千金方》，对照《本草纲目》，从医院、诊所、药店配回中药，不要说王赞纶、外祖父，即便李时珍、孙思邈、张仲景、华佗再世，看见那么大的药包，闻着略微有些变异的味道，恐怕也会皱眉生惑。

断断续续写作此文时，恰好看到一篇《中药材涨成“金融药”：谁制造了这场“价格狂欢”？》的文章，分析了最近一轮资本炒作中药材的前前后后，读后令人唏嘘。

中药材质量好不好，关乎中医治病行不行；而中药材贵不贵，还关乎中医相较于西医的性价比。

中医，几千年来被证明有效。西医进入中国一百多年，中医依然有不少拥趸，当中毫无疑问有一个性价比的问题。同样的疾病诊疗，在目前中国城乡的医保水平下，患者不可能不考虑性价比。而当人工种植的中药材，价格也被资本炒作成与西药“媲美”，岂不是给本已不便宜的中药、中成药，再来一个釜底抽薪吗？

中医药的神奇，西医的科学理论或许永远解释不了。中西医吵了一百多年，事实上又共存、结合了一百多年。可能还会继续下去。

多年以前，我曾看到全国政协副主席、中国科学技术协会主席韩启德院士说过的一番话，大意是：中医是好的，有效的，但不一定是科学的，不科学不说明它不正确。韩院士只说了中医，而没有说中医的关键：中药材。他的话是富有智慧的，也是耐人寻味的。

外祖父年轻时，曾用行楷抄写过一本几万字的《本草》，封面还特地写上“詹载凡抄”四字。外祖父去世后的 20 世纪 80 年代初，因为工作需要，母亲买了本厚厚的江苏科学技术出版社出版的《中药材商品知识》，书中收集了665种常用中药，分别叙述其来源、别名、产地、采收加工、药材鉴别、炮制、炮制作用、性味、功能主治、用法与用量、处方应付、保管贮藏、注意事项以及附注。

两本书，前后相隔一个甲子。一本毛笔手抄，一本铅字排版，字里行间，都透着地道的中药味。我想，中药味，其实也是可以称作中国味的。

从传说中的神农氏开始，中医药已经存在了几千年，并将继续存在下去。中药炮制技术，2006 年被列为国家级非物质文化遗产。列入“非遗”当然是好事，同时也意味着其保护、传承任重而道远。

现在，各地对培养中医人才的重视程度相当高，对中药的研发投入也不可谓不高，然而对于中药材——这个关乎中医、中药前途命运的根本问题呢？我不知道。

但我知道，“药材好，药，才好！”这六个字，的确入木三分。

2023 年 7 月

1977年春节

20世纪70年代兰溪县城的农历春节，如果没有特别情况，每年都差不太多。

那时候，兰溪人对腊八节喝腊八粥，似乎不像其他有些地方那么看重。我念小学时，过年的味道，是祖母把鸡毛掸子绑在竹竿上，除去屋内高处的灰尘蛛网——兰溪老话“掸尘”——之后，才感觉开始浓起来。

期终考试结束，成绩报告单也差不多拿到手了。尽管，那时候文化课的难度、重要性远不及现在，但考试一关总要过的。对于有些注重学习成绩的家庭，分数，还可能关系到春节新衣裳的质地、压岁包的大小。

冬米糖、芝麻糖已经切好。自己家不切的，也已经买好，还有米胖豆、寸金糖、麻酥糖、糖枣、麻条、芙蓉糕、鸡子糕、团结糕、炒花生、葵花籽、黑瓜子……农历春节，是一年中最重要的节日，即便平时生活清苦一点，过年，总要想方设法准备几样好吃的。揭不开锅的家庭肯定也有，只是我没见到。

兰溪城素有“小上海”之誉，但县城的大小范围、居民人数、商业网点、街巷布局，甚至路面结构等等，也有一个演变过程。

20 世纪 70 年代中期，兰溪城的街巷、路面，今天回想起来，大多并不宽敞。一到下雨下雪天，有些还污泥吧嗒。春节前夕，除了有双棉鞋，最好还有一双套鞋、高帮套鞋，那样在最热闹拥挤的解放路、中山路、和平路、人民路、延安路、劳动路、工农路、云山路、自由路一带走起来，才会比较自由，不用“择脚步”踮来跳去。上了年纪的人，仍旧习惯把中山路、和平路叫作前街、后街，把人民路以南叫作后官塘，沿兰江城墙边的长长的小路，叫作溪下街。

小学毕业，春节前我便不去女埠区委区公所驻地黄店了。但黄店过年前的印象，依然十分亲切而美好。尤其那个供销社的糕饼房，春节前那阵子，最是忙碌。各式各样的糕饼，必须加班加点赶制出来，供销社的柜台上才能保证供应。刚刚出锅的鸡子糕，热气腾腾中飘出的奇香，让路过池塘边糕饼房窗口的人，梦里都会垂涎欲滴。

乡下的年味相比城里，少了几分街上的摩肩接踵、熙熙攘攘，但家家户户的堂前、灶头上，伟人像和花花绿绿的春联、红烛台、红纸头，又比城里人家多了点过年的气氛。

1977 年春节则有些特别。

这个特别，主要来自过去一年发生的一系列重大事件。

1976 年 1 月 8 日，敬爱的周恩来总理逝世，全国人民陷入巨大的悲痛之中。

7 月 6 日，朱德逝世。

7 月 28 日，河北唐山发生 7.8 级强烈地震。唐山市几乎成为废墟，人民群众生命财产遭受巨大损失，累计死亡 24.2 万多人，重伤 16.4 万多人。这是新中国成立以来伤亡人数最多、损失最为惨重的地震灾害。

9 月 9 日，毛主席逝世。又一次沉浸在巨大哀痛中的人们，为国家的前途命运忧心忡忡。

10 月间，突然传来一个让全国人民欢欣鼓舞、奔走相告的重磅消息：中共中央政治局执行党和人民的意志，采取断然措施，一举粉碎了“四人帮”。延续十年之久的“文化大革命”结束。全国各地纷纷举行盛大集会和游行，热烈庆贺这一伟大的历史性胜利……

当然，这些发生在遥远的政治中心的重大事件、唐山大地震的惨烈和救援，远在一千多公里外的兰溪，兰溪 60 多万普通百姓，只能从报纸、广播和有限的电视节目中得到讯息。接下来中国向何处去，广大的基层干部群众，怎么可能知道？

人们能够感觉到的是，1977 年春节与往年相比，的确有一些不同。

比如，兰溪县婺剧团突击排练的庆祝粉碎“四人帮”的节目，除了在人民剧院、城南剧院的台上表演，还在建成通车两年多的兰江大桥回形引桥东侧演唱。

那天是正月初三，我恰好去兰江大桥头建国路旁的亲戚家拜年。吃完午饭，喝了小半碗蜜酒出来，噼噼啪啪的鞭炮声中，但见回形引桥上鼓乐喧天。十多位县婺剧团的女演员，用木梯翻过水泥栏杆，又从另外一侧下到一块很大的长形水泥平台上，然后开始唱歌跳舞。演唱的节目，虽远没有后来施光南作曲的《祝酒歌》那样优美深情、风靡一时，但我相信，寒风中数百名观众自发的掌声、喝彩声，的确表达了当时人们对无休止的政治运动的厌倦，对粉碎“四人帮”后春回大地的期盼……

又比如，原先县城几个看小人书的书摊店，都是明里放些“文革”时期的红色连环画，暗里藏些“文革”前出版的连环画租看。其实，绝大部分不是坏书，更不是什么禁书，只是那时候，人们被政治运动搞得神经紧张，生怕哪个好事者去告发，跟“四旧”“封资修”扯上关系，被查抄没收，付之一炬。而今“四人帮”被粉碎，大家好像同时接到了解禁通知，这年春节哗啦啦一下子全都拿了出来，摆上桌面、书架、地摊……

在人们眼里，春节从大年三十就开始了，而且直到元宵节吃过汤圆、春饼之后，才算结束。“年年岁岁花相似，岁岁年年人不同。”每家每户，各有各的欢乐，也各有各的意外。

我们家的意外，是这一年正月初七外祖父溘然长逝。

外祖父姓詹，名厚坤，字载凡，徽州歙县深渡人氏，生于清光绪二十三年（1897）。作为读书人家的长子，如果不是风雨飘摇中的清廷废除科举，外祖父的人生，应该继续重复外曾祖父的四书五经之路。但是没有如果，外祖父刚刚念完私塾，清廷便覆灭了。为抗拒父母包办婚姻，民国初年，外祖父与几个同乡一道离开徽州，乘船过严州、兰溪到金华谋生。

关于外祖父的一生，我在《祖母与外祖父》以及另外几篇文章中做过细叙。外祖父对我的人生影响颇大，却又是潜移默化的。

外祖父一辈子喜欢看书，哪怕年近八旬，一年四季都会坐在窗桌前看书，且大多是繁体直排线装书。直到今天，外祖父摘下眼镜静静看书的样子，依然能让我感受到读书的愉悦。

中医中药，也是外祖父一生的钟爱。1917 年秋末，外祖父在金华萃济号药行时，留下了迄今为止我们家最早的一张照片，背面还用俊秀的楷书写了一段文字。1942 年 5 月日寇侵占兰溪县城后，外祖父带着母亲去东乡麻车桥避难，并以“詹载凡中医内科”行医谋生。此后几十年，我们家以及街坊邻居，都会用外祖父的药方医治各种病痛。

外祖父去世后，父母让我整理的遗物中，最有纪念价值的是几十册中医药古籍和杂书。其中，有一本外祖父用行楷抄写的《本草》，还有一本柳公权《玄秘塔碑》残本。这两本小书，在我心中播下了热爱书法的种子。奇怪的是，外祖父那么多年，给我们和邻居讲了那么多《西游记》《封神演义》《三国演义》和《聊斋志异》的故事，却不见一本这类书留下来。难道，那些绘声绘色、精彩有趣的故事，外祖父早已熟记在心不成？

我的名字为外祖父所起，当中对我有无特别期待，不知道。但我知道，外祖父曾希望我学（中）医，希望我写好毛笔字，希望我成为一个热爱生活、爱憎分明、有所追求、有所成就的人。不管有没有做到，我一直努力在做。

直到现在，我们还每年爬山给祖母、外祖父扫墓。我想，只要还爬得动，便会一直祭奠下去。

两年前，我曾写过《樟树潭》《深渡》两首小诗献给祖母、外祖父。今天作罢此文，恰好是农历正月初七，外祖父的祭日，便重录《深渡》一首于此：

渡口的水很深
潺湲如潭
我知道
深渡，樟树潭
是钱塘江北源南源
不可或缺的两个节点
缺了哪一个
母亲河的血管
都会患上严重血栓

即便活着，也是苟活

刚刚剪掉长辫
为反对包办婚姻
外祖父毅然弃岸登舟
顺流而下
又逆流而上
最后顺流而下
婺江与衢江汇合
以至于我的血管里
至今存有
民国初年的泾渭

外祖父，您看到我点的红蜡烛了吗?

2024 年 2 月

“跑北京”及其他

题目“跑北京”三字，得先打个引号，因为不是真的跑步去北京。

这个“跑北京”，是20世纪70年代的中小学生，每天清晨到学校操场上一圈一圈跑步，然后按每圈一百米、二百米，累计长度加起来，直至够上兰溪到北京的距离。

是谁发明了这种方式，已经不得而知。反正不是我，也不是东方红小学、兰溪二中的师生，甚至不一定是兰溪人、浙江人，虽然我曾担任班级体育委员，负责统计每个同学自报的跑步圈数。

然而，我至今觉得应当给发明者记功发奖，哪怕一张象征性的纪念奖状。因为，在那样一个年代，用这种方式表达对祖国首都的热爱，激发中小学生体育锻炼的热情，让勉强吃饱穿暖的青少年，通过体育运动增强体质，的确是件了不起的事情。

“跑北京”，是伴随着我们学工、学农、学军活动的内容之一。比起“跑北京”，学工、学农、学军的趣味性似乎更强。

比如学工，我们读中学时就有。记忆较深的有两次，一次是去阀门厂，一次是去县建筑公司工地。哪一次在先，忘了，反正都没什么技术含量，也不可能有。

建筑工地学工，我们管叫“做粗工”。就是戴着手套，将一大堆水泥浇筑板上的铁钉，用羊角锤一颗颗拔出来，敲直了下次再用，然后将粘满水泥的很沉的木板，重新堆放整齐。没有人督促，干多干少，全凭每个同学的自觉性。

阀门厂的活，则细致多了。先将一只只铜铸件放上台虎钳，夹紧，用钢凿小心翼翼地一锤一锤将边缘多余部分凿去，然后用钢锉、砂皮将铜铸件打磨平滑。有位姓蔡的师傅时常夸我：干得不错！我心里便想：自个家里还有只工具箱呢。

相比于拔铁钉，阀门厂劳动更像“学工”。不过，学工相比于学农、学军，后两者更令我们开心，甚至兴奋。

学农、学军从小学就开始了。学农内容很丰富，除了拔草积肥，还有种菜、种麦、养兔养羊，甚至放牛。

拔草积肥与种菜的事，我在《郦红玉老师二三事》中写了一些。种麦和放牛养羊，也颇有意思。

我们班级的麦田，位于县城东郊曹家村，即现在福兴路西侧的一片丘陵上。因为是城里学生，许多同学连小麦、韭菜都分不清楚，也不知道自己种的是春小麦还是冬小麦。事实上，我这个曾经的劳动委员，也忘了几月份播的种子。

但我记得每个小组一小丘，大家带着锄头，依地势高低掘地翻土。掘着掘着，不时会有草鞋虫、蚯蚓、蜈蚣、蝎子、蝼蛄等昆虫爬出来。蜈蚣、蝎子有毒，便用锄头砸了，蝼蛄我们叫作“土狗”，胆子大点的男同学会抓在手里，却并不会像天牛（桑牛）、知了一样带回家，绑上棉线当作飞行玩具。

麦子看上去长势良好，层层叠叠，让整个山坡披上绿装。到了收获的季节，却没有多少麦穗，不知是施肥、管理不够，还是这种岩石多泥土少的山坡地，本来就不适合种麦。学校和我们，也没打算有多少收获。唯一的收获，就是今天回想起来，自己还曾经种过麦子。

牛和羊则是学校的，不属于哪一个具体的班级。只是到了劳动课，统一安排牵到郊外去吃吃草，遛一遛。

印象至深的一次，小学三四年级时，四五个同学牵着一头牛——确切地说是比牛犊大一点，兰溪话叫“小安伪”的小黄牛，翻过黄龙洞铁路道口，吃了个把时辰的草。回来时，正沿着铁路走，忽然听到费垄口传来一阵火车“呜——呜——”的轰叫声。小黄牛乍一受惊，竟站在铁轨中间一动不动。我们也顿时紧张起来。一两个同学猛拉牵牛绳，另外几个使劲将小黄牛往外推，并用力拍打牛屁股。火车驶出费垄口后，司机可能也远远看见了，呜呜呜地不断鸣笛，有没有刹车不知道。幸亏人多牛小，在距离火车五六十米时，几个人终于奋力将小黄牛赶下了铁轨。当庞大的蒸汽机车，喷着白色气雾轰隆轰隆从我们面前驶过那一刻，脑海里仿佛真有欧阳海、蔡永祥、刘英俊、金训华的形象在闪动……

学军，我们叫作“搞军事（野营）活动”。这是中小学每个班级、每个学期都要组织开展的最有乐趣的课外项目。

关于军事活动，我在《走读知味》一书的序言和《郦红玉老师二三事》中已经写过。最远的，是徒步翻山到金华双龙洞；最近的，也要到黄大尖、六洞山一带。似乎只有一次，走到茆竹园时下起了小雨，郦老师当即决定返校，待一路小跑回到教室后，小雨变成了滂沱大雨。

还有一次，初夏的某天吧，班主任通知每位同学带上铺盖、炊具、水壶、干粮，还有电筒或蜡烛。大家兴致勃勃，期待已久的野营拉练活动终于盼来了。

那天中饭后，全班同学从兰二中出发，一路兴奋地又一次徒步十余里，然后在六洞山栖真寺南边的小飞来峰附近搭灶烧饭。饭毕，天色将晚，同学们正在猜测着下一步的行动，忽然，班主任徐老师下令：全班同学立即返回学校！

“怎么了？”大家一路疑惑地步行回校时，天色已暗。

“今夜就睡教室，两张桌子拼一张床，以小组为单位，分成两个教室。”原来，徐老师早已做好安排，所谓“野营”只是吊吊胃口，也是考验大家一下——的确，那天的活动，有一些同学，特别是女同学请假了，徐老师也全部准假。

这是我们班级唯一一次“野营”活动，宿营地，就在我们自己教室北边的高中班教室。那一晚，盖着薄薄的棉被或毯子，大家睡得很香。

学工、学农、学军，一直持续到高中一年级第一个学期，即1977年下半年。

时代的风向开始转变，中国历史进入一个大转折的时代——中断十年的高考恢复了。紧接着，围绕高考目标的“东阳经验”——分班、数理化竞赛、一遍遍无休止的小测验中测试大考试，风一样把学工、学农、学军吹进历史的角落，也把“跑北京”吹进我们这一代中小学生的记忆。

“跑北京”，如果真的换算成里程，即使以兰溪到北京直线距离1200多公里计，那么东方红小学操场得跑1.2万多圈，兰一中、兰二中操场也得6000多圈。这是一个几乎不可能到达的目的地。

半个世纪后的今天，回想起“跑北京”，还有之后的“跑大寨”“跑大庆”，所有同学其实都“倒”在了半路上。

尽管如此，那样一种精气神，那样一种方式，那样一个个气喘吁吁、坚持不懈地在黎明前的黑暗中向着曙光奔跑的身影，让人永远难以忘却。

我甚至觉得，中国的中小学校操场上，永远应该有这种身影。

2024年1月

书·记

有关读书、藏书、编书、著书、用书、管书的文字，已经写过许多篇了。却总觉不够。记忆中，特别是20世纪70年代一些淘书、卖书、买书的往事，还不时冒将出来，便又零星捕捉些许，缀成此文。

不记得平生读过多少本书，也没有必要记得。

前些年，偶然翻见一张自己四岁，即1967年夏天时，在兰溪女埠区委区公所大院晒场上拍的照片。身穿背带裤，右手握着一本“红宝书”放在胸前，左胸挂着一块毛主席像章。这个今天看上去有点滑稽的模样，却是那个年代最具代表性的造型。“红宝书”，或许是我平生接触并且证据确凿的第一本书，尽管那时的我还不识字。

小学四五年级，一位同班同学的母亲，在位于县城南门外回龙桥的造纸厂废旧仓库上班。这对莫名喜欢各类旧书的我，诱惑极大。记不得多少个星期天，约上这位同学兼邻居一起去仓库——从南门小猪市、荷花塘沿、自由路（那会叫“反帝路”），过保安埠，沿婺江边一条小路再往前数百步，几座灰砖瓦房便是。

进了仓库门，从全县各地收购运来的旧书报刊，与其他各种废旧物品，堆得像一座座小山。可能存放时间久了，空气中弥漫着一股霉味，干活的人大多戴着口罩。我们便在霉味中翻找旧书。线装旧书似乎很少，民国时期和50年代繁体字版的杂书倒有不少。

小学高年级，常用字大多已经认识，但书的好坏并不知道。只管一堆一堆翻过去，但凡有点喜欢的，先拣出叠在一块。时间差不多了，回头又快速挑选一遍，然后用绳子扎紧拎回家。一般是两大捆，左右手各一捆，再多，路远拿不动了。

去了两趟又三趟，淘回的旧书，累积便有数百本。于是，我就在床头两根屋柱——即后来修缮一新的兰溪“钱业公所”大厅东侧边柱间，钉上四块木头，搭上两块木板，便成了我平生第一只书架。

那时淘书，根本不会先看什么前言、后记、目录、作者，瞄一眼书名，翻一下内容，凡是有兴趣的，便拿回来再说。印象中历史、地理相关的书籍最多，也有文学和其他杂书。书架太小书太多，所以还得再筛选一遍后，才作为藏书放进书架。

那时没有“淘书”的概念，心里只想着，反正这些旧书已到生命最后一刻，再不挑点，就全部运出去打浆造纸了。

后来初中课本上读到《孔乙己》“窃书不能算偷……窃书！……读书人的事，能算偷么？”时，便暗自问：我们不花钱的“淘书”，算不算窃？然后安慰自己：不算。光明正大地挑选，既不算窃，更不是偷，应该叫废物利用！

筛选淘汰下来的书，送回去，是不可能的。

彼时，南门有个“三益堂”，老底子是兰溪县城知名大药店，高敞的拱门两侧，有两根硕大的红色半圆柱。三益堂解放后收归国有，70年代用作废旧物品回收部，全县的旧书报刊回收，都经由这里。

筛选淘汰下来的旧书，我便一次次捆好拿到这里卖掉。多的时候，要放地秤上过磅；少一点，营业员便用杆秤称一下，然后报个金额，再到对面柜台取钱。多时一两块，少时几角，后面则精确到分。望着收去的旧书，心想：过些日子，又该回到回龙桥那几间灰砖瓦房了罢。

尽管只有一两块、几角，但那时看来，也值点钱的。如果换作六分一副的带饼油条，可以吃很多天；换作凭票的“白市”豆腐，可以买几十斤；换作八分一只的冰淇淋，一个人根本吃不下……不过，这些都是假设，买副带饼油条倒有可能，换冰淇淋，显然太奢侈了。

卖书的钱主要还是用来买书。那时候，图书只能到县城新华书店购买，乡下供销社的柜台中，压根没几个品种。

新华书店在人民路花园巷口，别无分店。花园巷往里，左侧有条胡家巷，明代学者胡应麟曾筑二酉山房于此，藏书四万余卷。现在位于天福山的胡应麟故居，乃 90 年代中期这一片老街区拆除后，用原来的构件复建回去的。

新华书店书很多，但卖一大捆旧书的钱，只够买三两本薄薄的新书。扣除看小人书的钱后，便更少了。故而，新华书店柜子上的书，大抵只能让营业员拿出来翻一翻，但袋里有那么一两块、几角，似乎多少有点让营业员一次次拿书出来的底气。

买了哪些书，已经想不太起来，毕竟半个世纪前的事了，况且又搬了 N 个住处、城市。最先的上百本藏书，已经所剩无几，但有几本至今印象深刻。

一本是《义和团》。这本书本身，并没有让我收获多少，却由此激发了我追溯中国历史、世界历史上各种农民起义和朝代兴亡的事件、规律的兴趣，成为一个历史文化爱好者。

还有一本“文革”前的中学《地理》。这本书中除了介绍中国、世界的山川地貌，还有不少手绘插图。其中有一幅，广阔的华北平原上，一望无际的麦田，白云像毯子一样铺到天边。一排农民在弯腰劳动，边上有拖拉机、筑着鸟巢的白杨、高高的电线和消逝在地平线的电线杆。对于从小生活在江南水乡丘陵的我，没有见过那种一马平川、一眼望尽天涯的景象，有点震撼，也有点向往。其他还有北京天安门广场、万里长城、大兴安岭、内蒙古大草原、大庆油田、布达拉宫、都江堰、长江三峡、武汉长江大桥、新安江水电站大坝、舟山群岛渔场……我一遍遍翻来覆去地欣赏如此多的美景，心底便暗下决心：这些地方，一定要亲眼去看一看！后来，果真在中国和世界地理中漫游、徜徉、行吟了半个世纪。

在今天的小学生看来，这些历史地理常识不算什么，也的确不算什么。但对于20世纪70年代的一个小学生来说，能够不花钱得到、读到这么多书籍，已经很不容易。

一个人的生命历程，“三观”的形成，甚至人生道路的抉择，往往会受许多偶然因素的影响。譬如我，如果不是少年时代恰巧有这样一个淘书、卖书、买书、看书的机会，可能后来不一定走上文学之路，不一定选择从事新闻出版工作，不一定一次次去主编关于书的书，不一定因“读万卷书、行万里路”而知舍得懂知足，现在，也不一定再去提笔重记半个世纪前的旧书旧事。当然，我是说“不一定”。

《现代汉语词典》中，“书”的条目多达六七十个，文化内涵极其丰富。为区别于其中“书记”之义项，故题目加一间隔号：书·记。

2024年1月

看小人书的日子

20世纪70年代中期，也就是在我读小学高年级和初中时，我的星期天和节假日，有不少是在兰溪县城的几家旧书摊（店）里度过的，而且经常一坐就是半天。

那时候，除了革命样板戏，没有多少文化娱乐活动。能看上连环画，哪怕是对成年人，也算一件有滋有味的事了。

看连环画小人书是要花钱的。虽然不贵，像《三国演义》《水浒传》《杨家将》《说岳全传》一类“文革”前出版的“老”书，大体两分一本或三分两本。“文革”中出版的“新”书，只要一分一本，薄点的一分两本。

说“本”，有些不太确切，确切应该叫“册”。因为许多连环画，一套往往有几册、十几册、几十册。像《三国演义》，一套60册，全部看完得花一块两角，《水浒传》看完也要近一块钱。因此说“不贵”，也是相对而言的。

那时，自来水的价格，跟看小人书差不多，两分一担或三分两担。几乎人人喜欢的“著名兰溪小吃”带饼油条，三分一块（根），六分一副。凭票供应的“白市”豆腐，六分一斤。经济牌香烟，八分一包。大米，不算粮票一角三分七一斤。普通蔬菜水果，每斤也就几分钱。学校门口的爆米花、炒玉米，两分甚至一分一小杯。这样对比下来，贵与不贵，就看你自己的需求和取向了。

我算是幸运的。每年的压岁钱，都有一点点留下。已经参加工作的两个姐姐，也会从不多的工资里，不时挤出一点零花钱给我。而我，则一次又一次地，把其中的大部分，心甘情愿地“转交”到书摊（店）主人手中。

人民路浴室（夏季为冷饮室）斜对面那一家，大概是兰溪县城“老”书最多的。看的人最喜欢的也是“老”书。有时，一本书要几个人轮着看。店主是位老大妈，头发花白，手脚麻利，“定价”说一不二。因为位置好，生意也好。加上又是“文革”后期了，“老”书只要不过于“封、资、修”，在屋里头有偿看看，比如《封神榜》《西厢记》《红楼梦》之类的，似乎也没人来管。《金瓶梅》倒是真的没有见过，有没有不知道。

除了这一家，水门、桃花坞口和东门火烧基对面几家，“老”书也有不少。那时，兰溪县城有四万多居民，是名副其实的“城里”，不然，也不会在1985年5月即成为浙江省的县级市。东门火烧基对面这家，摊（店）主是位瘦瘦的、文质彬彬的老先生。他家面积不大，就一间排门屋。因为主人比较随和，“定价”比较随意，看的人自然也多。后来，1983 年 10 月，兰溪一批古体诗词爱好者成立了“兰江诗社”，我作为“大堰河诗社”代表应邀参加。这时我才知道，这位文质彬彬、拄着拐杖的老者，居然是位诗词修养很深的老诗人，是兰溪诗词界的几老之一。合影留念时，我刚好站在他身后。拍完照片，我弯腰握住他的手，问他还认不认识我。他呆了一下，然后呵呵大笑：“认得认得，你曾是我家里的常客啊！”这时的他，早已不开书摊（店），估计也开不动了。这就是不少那一代文化人的真实生活状态。

小人书摊（店）的好日子，一直持续到“四人帮”倒台之后。1977 年正月，这类书摊（店）一下子冒出很多，有些就直接摆在街道两侧，成了八九十年代马路书摊的雏形。原来几家小人书摊（店）的生意，慢慢便被分散稀释掉了。更主要的原因是，之后各种各样的书刊出版物，如雨后春笋般地涌将出来。县图书馆也恢复了读者借阅。“文革”期间被禁映的一大批优秀电影，如《红楼梦》《刘三姐》《大浪淘沙》《阿诗玛》《早春二月》等得以重新放映，人们的文化娱乐生活，逐渐变得丰富多样，有了更多的选择。我也就此告别小人书摊（店），开始阅读其他文艺书籍去了。

却是一个时代不能抹去的印记。

那时的连环画小人书，尤其是“老”书，因为特殊的时代原因，许多都出自一流画家之手，如丰子恺、叶浅予、张乐平、王叔晖、刘继卣、陆俨少、程十发等。20 世纪 80 年代，连环画从创作到市场，都经历了从鼎盛到逐渐褪色的过程。虽然，直至90年代，一些出版社还推出过一些质量上乘的中外名著连环画。然而，看小人书的日子，终究已经成了一代人的记忆——纵使是美好的记忆。

进入21世纪后，有几次，我与一些出版社的人谈起这段往事，大家无不感慨唏嘘。

聊以慰藉的是，1997年，兰溪诸葛大公堂开放不久，偶见里头柜台上摆着一套上海人民美术出版社出版的线描《三国演义》连环画。虽是1979年再版的，半新不旧，却是一册不差。一番讨价还价，最后以300元成交。权作记忆的珍藏了。

其实呢，还有其他很多曾经一遍又一遍地看过的小人书，我至今也都没有忘却。比如《鸡毛信》《三毛流浪记》《东郭先生》《敌后武工队》，比如《我的大学》《没头脑和不高兴》《孔老二罪恶的一生》，比如《草原英雄小姐妹》《林中响箭》……

2019年7月

香烟壳上的旅行

旅行，《现代汉语词典》的释义是：为了办事或游览从一个地方到另一个地方（多指路程较远的）。旅游，则为“旅行游览”。旅行和旅游是近义词。不过，这两个词，对于20世纪70年代的中国人，都太遥远。

那时候，能够吃饱穿暖已经不错了。浙江一带在中国算好的，尤其是县城的中小学生，课间或放学后有一些简单的游戏娱乐，便觉快活。

除了第五套广播体操和眼保健操，捉迷藏、丢手绢、踢毽子、跳皮筋、跳房子、跳骆驼、跳绳、摸盲（仂）、捉水鬼、挑线、剪纸、打弹弓（石头弹纸弹）、弹皮筋、弹玻璃珠、挑棒冰棍、打橘皮炮、滚铁环、抽陀螺、翻跟头、摔跤（忽跌）、自制泥枪洋火枪、竹筒（胶管）水枪、跌杏（梅）核、撞拐（斗鸡）、飞纸鸽、放纸鹞、坐轴承（倍铃）车、石（拳）头剪刀布、挖沙泥堆、叠牛屎（圬）堆……不管男学生女学生，都可以从中找到自己的乐趣和玩伴。

这里特别要说的，是一种专属男生的游戏：飞香烟壳。除了飞，也可以放地上用力拍扇，扇翻对方即为赢，叫忽烟壳。

飞香烟壳，比扇香烟壳更好玩，也更讲技巧。首先要将空的烟壳——当时基本是软壳——拆开、摊平，然后折叠成三角形，再压平，就可以比试输赢了。输赢主要比谁飞得远，谁远谁先捡起，瞄准近的再打，打中或者撑开中指、大拇指能够得着，即归谁。否则重来。

技巧大致有三点：一是看谁的香烟牌子硬，折叠好。那时的烟壳，通常香烟价格贵一点的，纸张也厚一点、挺括一点，折叠平整后，再将三个边略微朝下压一压，便能飞得远。颇有些流体力学的意味。二是飞的技巧。站在同一条线上，谁的倾斜姿势、角度、用力恰到好处，左右手配合协调，谁拍击出去的香烟壳飞行曲线就更优美、持久，也必定更远。三是瞄准。这个主要靠手感、凭经验。玩得多了，要领便自然掌握了。

不过，这终归是个小游戏，香烟壳输赢再多，也只是一堆花花绿绿的纸头。然而对于我，飞香烟壳的乐趣，还在于收集烟标，收集烟标上各种好看的图案。但凡看到自己没有的牌子，总要想方设法赢一枚回来，或者二比一、三比一交换一枚，拆开后夹入一本半新不旧的《毛泽东选集》——哦，不是不敬，可能一下子找不到更厚的书。无事时，便拿出来翻一翻、看一看。

香烟壳的牌子、图案中，包含着丰富的知识，并大都有很深的时代烙印。一个图案，往往就是一幅不错的美术作品。那时候的彩色印刷机，能够印制精美烟标的，也不是太多。

1975 年 7 月小学毕业，这种游戏就基本不玩了。但之后的二十来年，凡是看到令我眼睛一亮的烟标，还是会随手存放起来。尽管谈不上收藏，也算一个小小的爱好。

再后来，八九十年代我在金华工作时，一位同事兼邻居，收集烟标多达上千种（现在据说已达六千种），可谓烟标收藏爱好者、藏家。直到 90 年代中期，有一回，我还心血来潮，专门给国内数个知名卷烟厂的团委书记写了封信函打印寄去。还真有几位回了信，并附赠近期该厂生产的烟标若干。那个年代，人与人之间的友善与信任，至今令人难忘。

正是这个小小的爱好，让我在那个刚刚吃饱穿暖的年代，多了一份对未来生活的憧憬，对祖国大江南北风景名胜的向往：凡是香烟壳上有的风景图案，凡是烟标上出现过的有诱惑力的地方，这辈子一定要去实地走一走、看一看！

半个世纪后的今天，蓦然回首，这个不大不小的心愿，真的实现了。

从“新安江”“西湖”“大前门”“中华”“八达岭”，到“南京”“大港”“春城”“泉城”“黄山”“黄河”“三门峡”“宝塔”“大雁塔”“沂蒙山”“黄果树”，再到“汴京”“蝴蝶泉”“石林”“花城”“玉溪”“钢都”“天池”“三峡”“红旗渠”“关陵”“青州”“汾水”“雁门关”“金沙江”……

直到2020年9月最后一个“佛子岭”，每一座城市，每一处景观，每一段旅程，仿佛都从香烟壳上启航，最后又回到少年时代如诗如画的梦境。此等别样的旅行，如果没有小时候飞香烟壳的经历，怎能感受梦圆一刻的喜悦？

恰如我在《佛子岭水库》一诗中写的：

站在高高的大坝，我不能确定
自己是登上来还是飞上来的
佛子岭香烟壳，花边似的连拱坝图案
读小学时，被我一次又一次地
折叠成三角形，在大街上操场上飞来飞去
然后又拆开来反复端详，欣赏
最后放进记忆盒，用锁扣上

四十多年后，当我重新打开记忆盒
从连拱坝的一头，走到另外一头
再登上比坝垛更高的观景亭——
哦，佛子岭水库，你比烟标上的更加秀美
初秋的大别山，苍茫不再连着荒凉
碧水蓝天，让白云和我都成了游客
摘去口罩尽情地呼吸自由的风

向大别山道别，不叫挥手叫举手

举手，同时举头，才能表达这份庄重
这份庄重，献给那个坚韧不屈的时代
献给那些可敬可爱默默奉献了生命的前辈
献给那一位名叫“汪胡桢”的水利专家
高大的连拱坝，今天成了文物
但我确定，佛子岭姓佛却不信佛
淠河的水，唱的永远是《我的祖国》！

附记：著名电影《上甘岭》插曲《我的祖国》，背景中即有佛子岭水库大坝及泄洪钢管泄洪时的全景。佛子岭水库连拱坝，2019 年 10 月已由国务院公布为全国重点文物保护单位。

有一句老话：树高千丈，落叶归根。但相比毛泽东主席 17 岁离开韶山冲时那句“埋骨何须桑梓地，人生何处不青山”，我更欣赏后者。

现在，当我离开故乡，历经 40 余年人世沧桑后，我似乎更加明白：所谓人生，就是一趟漫长的旅行，一种体验，一场修行。所谓人生意义，就是一个自己赋予的过程。你赋予人生什么，它的意义就是什么；你赋予多少，人生的意义就有多少。

就像我少年时代玩香烟壳的游戏，我不意中赋予了它一种向往与追寻，它便忠诚地指引、伴随我走遍天南海北，成了我人生意义的重要组成部分，并且是当中最让自己身心满足、快乐的那部分。

于是再加一句：愿你出走半生，归来仍是少年。

2024 年 1 月

郦红玉老师二三事

在一些人的感觉里，兰溪中小学校中，历史最长的肯定是兰溪一中。其实错了，是云山小学。

云山小学前身为学宫，即官办县学，历史相当悠久。如果从清乾隆二十三年（1758）的云山书院算起，已有260多年。如果从清光绪二十七年（1901）的云山学堂算起，也有近120年历史了。

学校原址在今云山小学东边。对面不远，是兰溪建县1300多年的重要地标之一——大云山。进入校门，先过一座桥，中间是笔直的石板路，左右两排青石栏杆和绯红的夹竹桃。桥底下一个长长的池塘，古代叫作“泮池”。池水不深，上面长满了水葫芦和浮萍。过了桥，跨上十来步石阶再往前，是一大两小三个拱门。平时一般便从西侧的小拱门进出。直到20世纪70年代，还依然保留着旧时学宫外面这一格局。

民国时期，校名数易。新中国成立后，改称云山路小学。

“文革”期间，又更名东方红小学，尤其是工宣队（工人毛泽东思想宣传队）进驻后，还一度改叫瓷厂“五七”学校。

郦老师是当时为数不多的宁波农学院毕业教小学的女教师之一，是我们东方红小学70级春一（3）班班主任。

换上今天流行的词语，郦老师不但是位美女教师，而且是个运动达人。她的游泳，她的乒乓球，尤其是她的正板直拍，曾经横扫全县所有女乒乓球运动员，夺得女子冠军，并代表兰溪夺得金华地区女子亚军。那时郦老师才20多岁，初为人母。能够在郦老师的教鞭指引下念完整个小学，算得上是一种幸运。至少我这么认为。

五年半（我们那一届很特殊的学制）时间里，郦老师留给全班同学的美好往事实在太多，以至于我今天提取这段记忆时，都似乎有点难以取舍。

二年级时，我们从学校本部搬到了东面相距一百多米的第一分部——严氏宗祠，本地人叫姓严祠堂。我们班的教室在青石台阶上边南侧，与下边两教室隔着一个长长的天井。

那时的小学班主任，除了体育、音乐，其他语文、算术、思想、写字（毛笔）、劳动课等，全部都教。除了课本，还要一遍又一遍地学习“老三篇”以及《雷锋日记》等等。

有一天下午，自习课，郦老师给全班同学念《雷锋的故事》。当念到童年的雷锋回家，看见饱受欺凌的母亲已经悬梁自尽，小雷锋扑上前去，紧紧抱住母亲的双脚，大声哭喊着“妈妈！妈妈！”时，郦老师哽咽着再也念不下去了。许多低着头的同学，开始还没发觉，等到抬头看见郦老师正一边哽咽、一边用手帕在擦眼泪时，许多同学，特别是女同学，一下子“哇”地哭了起来……

今天的小学生肯定无法理解这一幕，就像无法理解“忆苦思甜”，无法理解“天上布满星，月牙儿亮晶晶，生产队里开大会，诉苦把冤申”是什么意思。但在那时，每一位同学的哭都是真实的，感情是纯朴脆弱的，老师的哽咽，无法不让自己的眼眶湿润。

还有一次，大概也是二三年级吧，学校统一组织到人民路电影院看电影《智取威虎山》。这是每学期难得的文娱活动，尽管已经看过多遍。看着看着，我的肚子突然痛了起来。郦老师得知后赶紧走过来，坐在我边上，一面帮我轻轻揉着肚子，一面鼓励我坚持住。可我实在坚持不住了，整个人痛得一次次滑落座椅——那时的木座椅是长排形的。

见我这样，郦老师背起我便往人民医院走。接下来的情形我已记不太清，也许是昏昏沉沉睡着了。但我依稀记得，从人民医院出来，郦老师背着我，穿过延安路，翻过牛角尖，沿章府左巷弯弯曲曲的台阶，一步步慢慢地拐下来，把我送回家中。

祖母见状，一边让我上床躺下，一边泡茶向郦老师道谢。郦老师看我已经好些了，便叮嘱我：“吃了药再睡一下，就会好的！”茶也没喝一口，就告辞回学校去了……

那时的学农、学军，主要就是种菜和搞“军事活动”。

只要听说又搞“军事活动”，同学们便来劲了：可以去郊外游玩，又可借机让家里准备点好吃的干粮——大抵是六分钱一副的带饼油条之类。水壶是每个人自备的。

“军事活动”有一项很好玩的内容，叫作“捉敌”。所谓“捉敌”，就是把写有敌军长、师长、团长、营长、连长、排长、班长、士兵的小纸片，提前让“先遣队”埋在活动将要经过的路边上——通常是东郊茆竹园一带。我因当过几年体育委员，所以常常被郦老师抽去先遣队。埋“敌军”是有讲究的。士兵数量最多，随便放在路边的石头下、草丛中即可。官阶越高，纸片数量越少，埋的地方也要最难找，有时会让先遣队员们绞尽脑汁。

等到全班大部队到达预定地点后，郦老师便一声令下：“捉敌活动开始！”同学们于是立刻四散开来，各显神通，把“敌军”一个个“生擒活捉”出来。最后，谁捉到的“敌军”官阶最高，谁就是第一名！因为“军事活动”，像六洞山、黄大尖这些地方，我在小学里便去了多次。

五年级时，我们又从大云山麓的第二分部搬回了本部。我们班的教室，在大礼堂西边，是全校最高的教室。而学校的菜园，又在教室西北边更高的地方。

菜园很大。从北面围墙的塌落处，可以远远看见郊外高低错落的山丘、稻田、农舍。四周还有一些杨树、冬青树、法国梧桐及灌木。每当早晨和傍晚，都会有许多鸟儿飞来叫去，却也不觉得吵闹。最多的是麻雀，偶尔还会到教室的窗台上轻轻蹦几下，然后“呼”地又飞走了。

大部分班级的菜地都在这里。春夏或者初秋，有萝卜、番茄、豇豆、芥菜、落汤青、油冬菜、扁豆、丝瓜、南瓜、茄子、辣椒、小白菜，还有其他。每每到了摘收的前一天，郦老师就会在讲台上问：“哪位同学回去问问这两天的菜价？”

“我去！我去！”马上有同学争着举手。

第二天下午，等到把菜摘收完毕，放在讲台边或者教室门口，然后按每斤低于市场一分、两分钱的价格，卖给需要的同学。劳动委员和组长则协助称秤、收钱、记账。这大约是班级活动经费的唯一来源了。个别家庭困难的同学，郦老师有时会把剩下的菜头菜脚，免费让他们带回家去。

种菜需要肥料，除了人粪尿，学校各班级养的猪牛栏粪，还得拔草积肥。于是我们每周的劳动课，常常是去郊外田间陌上拔草，竹篮则各自从家里带去。因为拔草，自己又认识了许许多多原本叫不出名字的野草，比如牛筋草、紫云英、飞廉、马唐、蕨菜、水荇、犁头草、狼尾草、蒲公英、狗牙根、苍耳子、七叶一枝花……

因此，在我看来，郦老师其实还教了一门学校课程表上没有的课：植物。

2018 年 6 月

老S小传

一个出身中国社会最底层的男人，活到75岁时，回首往事，还能面带微笑，言谈中带八九分满足，并靠一份收入微薄的工作继续养活着自己，这样的人是值得尊重的，也是有故事的。如果自足中每天再喝点小酒，幸福感便会日复一日地持续，这样的故事与人，值得记录下来。

“老S”，便是这个有故事的人。

为了不给老S的生活带来不必要的打扰，除了隐去老S的名字，隐去他今天这份收入微薄的工作，剩下的，基本就是老S一辈子的真实经历。

老S生于1948年12月，家中三子三女，另有一个弟弟生下不久便夭折了。因在兄弟中排行最小，“老S”，便成了随手捡来的小名。老S降世不到五个月，1949年5月6日，兰溪即宣告解放。所以，老S反复说自己“生在旧社会，长在红旗下”。

老S家离县城10多公里，父母是土生土长的穷苦农民。老S一降生，似乎命里便注定是苦的，要不是马上就解放了，老S不一定能活下来。

老S个子不高，是典型的旧时南方农民的模样，可上天赋予他的智商并不低。20世纪50年代，百废待兴，温饱虽不敢保证,但半温饱的童年生活,还是有的。即使没有大米,米糠、番薯、包萝糊乃至野菜野果，也能充饥度日。

老S肯定不会满足这样的日子。本就不低的智商，加上学杂费全免，读书用功的老S念完当地中心小学后，又免费进入诸葛初中。然而，因为家里实在太穷，即便学杂费全免，初中学业仍时断时续。最终，因为家中粮食实在接济不上，老S只好无奈地辍学回家，在生产队干些杂活养活自己。

1965年盛夏的一天，老S在生产队晒场上翻晒稻谷，初中语文老师正好路过看见，朝他大喝一声：

“老S，侬不读书，难道这辈子就这点出息了么！”

老S低下头，一声不吭，也吭不出什么。

然而，吴老师这一声当头大喝，却像幸运之星砸在了老S头顶。在吴老师的竭力帮助下，1965年下半年，老S作为插班生，进入位于兰溪县城南郊马公滩的县农业技术学校。尽管是初中班（当时还有高中班），但对于老S，又一次有了人生的新盼头——毕业后能够从种田的农民，成为“吃皇粮”的农技员，甚至将来谋到一份更好的工作，都有可能。工作，在20世纪60年代，是县城工厂企业的工人阶级才配用的词汇。一个处于社会底层的农民，一辈子再怎么起早摸黑、辛苦劳累，也只能叫“种田的”。

正当老S暗自开心，刻苦学习，并时不时受到任课老师和班主任表扬的时候，1966年5月，一场史无前例的运动开始了。

学校虽然还没有停课，但全国各地的红卫兵“大串联”之风已经刮起。县农技校的学生也蠢蠢欲动。天生不安分的老S再也坐不住了，一个人悄悄跑去火车站，什么也没带，也不用带，就凭胸前一块白底红字的校徽、一张学校的饭卡，老S便跟随浩浩荡荡的队伍，做梦一般地开始了人生第一次免费远行。

第一站是江西南昌。这让从小到大只到过兰溪县城的老S，眼界大开。

最让老S终生难忘的，无疑是10月18日北京天安门长安大街上的那一整天。老S至今清楚地记得那一天的情形，即便过了近半个世纪，还能绘声绘色地复述出来。我相信，如果没有到过现场，老S绝对绘不出，更编不出那些具体而生动的细节。

离开北京，老S一路往南先去了广州，接着是湖南长沙、衡阳、株洲，贵州贵阳，广西柳州，四川重庆，然后又绕道上海、杭州，回到兰溪县农技校。平时一直喜欢捣鼓点文字、登登黑板报的老S，还写了一篇文章，并被学校高中班一活跃分子黄某刻印出来，散发到学校各班级，甚至社会上。老S从此有了点小名气。

可是，老S没有想到，“羡慕嫉妒恨”，已经伴随他的小名气悄然而至。

老S平时有一个日记本，除了记录日常感想，也发点抱怨、牢骚，还时不时写点他自己称之为“诗”的东西。其实呢，充其量就是那个年代的顺口溜。然而还是祸从“口”出。不知道是哪个人——老S至今觉得还是一个谜——将老S的日记本，偷去交给了学校。老S立刻被叫去盘问、交代。

已经见过点世面的老S，此时头脑异常清醒而“顽强”，直到事情最后不了了之。

事情是不了了之了，但老S在县农技校也待不下去了。实际上，也没有什么可待的，因为这时的学校，已经停课闹革命了。

老S又一次沮丧地回到老家。因为干不了多少农活，人又瘦小，每天生产队挣的3个工分，根本养不活自己。老S于是决定出去闯一闯。

闯荡江湖是要有本钱、有本事的，此时的老S两样都没有，怎么闯？

老S承认，自己一开始就是为了混口饭吃。没有本事可以学，有了本事就是本钱。当然，这是我今天给他总结的，老S当时一个小鬼头，不可能想得那么多、那么远。

先是漫无目的地在兰溪境内的一些工地上混。重体力活干不了，但老S脑子好使，手脚勤快，加上口齿伶俐，所以老S到哪都讨人喜欢。一段时间下来，每天一口饭，甚至一包烟、几两烈性酒，对于老S已经没有问题了。但慢慢地，老S又有点不满足了。

那时的农村，游医不少，而且大多是医治跌打损伤的。乡下人干农活，跌打损伤是常事。这就让游医有了用武之地，因为游医是上门的，或者就住在村镇，病人不需要跑到公社、县城医院去。尽管收费不多，但比起工地上干体力活，游医好的不是一丁半点。

老S一边看，一边学，包括游医们怎样弄草药、碾药粉、治伤痛。这时候，老S“识文化”的优势就显现出来了。除了给人治病、弄药，老S还从这里那里，包括书摊书店，弄来一些医书、中药书，边看边学边干，渐渐地，老S竟然自己做起了游医。

给乡下农民治病，重要的是口口相传的口碑，也就是名气。没两年，方圆几十里，老S便有了点小名气。小名气又给老S增添了进一步闯荡江湖的勇气。

走出兰溪县境的第一站是龙游横山。当时叫横山公社，横山上有一座古老的砖塔。那是1972年夏天的事情。

游医没有名分，没有固定诊所，没有行医执照，似乎谁都有权管理，又似乎没人真的去管你、理你。被公社、市管会、医院、卫生局、公安派出所叫去训话、没收药品，今天赶走了明天又来，对于老S已是家常便饭。

那时的公社（乡镇）小旅馆，大多两三毛、三四毛钱一天，住的时间长，还能优惠。没有住宿证明，老S就拿别人用过的证明，用“药水”在上面捣鼓捣鼓，一次次地证明“老S就是自己，自己就是老S”。

再花点钱，让人用白布匹，做一块印有“专治跌打损伤”之类的招幌，挂在旅馆门口，然后放上一张小桌，摆上自己备好的装有当归、白芨、五加皮、紫桂皮、田七粉之类的瓶瓶罐罐，一个露天“骨伤科”就成了。

“会有病人来看吗？”每次聊到这里，我总是有些疑问。

“有！不说每天，两三天肯定有。乡下人干农活，跌打损伤是常事。病人来了，我们都是先看先治，有疗效，第二、第三次来了再付钱，如果几次不见效，病人就去正规医院了。

“看骨伤科，没有什么风险，比起正规医院，我们的优势就是收费便宜。开始一两年最苦，但不管怎样，一个月下来，自己的吃喝用度够了。一两年后，每月赚个十几、几十块钱没问题。”说到这里，老S便有点小得意，便有点几两白酒落肚的样子了。

确实，那时候每月几十块钱，已经不比厂矿企业的工人少了。而且，只有这个时候，时常被人称作“卖狗皮膏药”的游医老S，才会被病人和病人家属，唤作听上去感觉良好的“余医生”。

老S的行医范围也慢慢变大。

兰溪周边的建德、浦江、武义、永康、义乌、东阳，江西上饶、鹰潭，甚至金华闹市区的西市街，老S也敢摆摊治病了。当时的金华县农村，尤其是南乡湖海塘、雅畈、琅琊一带，更是游医老S“游刃有余”的地方。在雅畈，经人介绍，26岁的老S，还娶到了平生第一个老婆。老婆比他小整整七岁。

踏实又不踏实的无证行医，日子过得很慢又很快。老婆在老家生下一个女儿，老S自然照顾不上，只好让父母帮助带着。父母倒也乐意，因为老S上面两个哥哥，都没娶上老婆。二哥是个瘌痢头，娶老婆的事，更是想都不要想。

说老S无证行医，其实既对又不对。老S无证是肯定的，但那时，游医压根都没有证，因为政府从来没有给游医发过什么证。

但形势在变，一切都在变。“文革”结束，特别是党的十一届三中全会后，改革开放的春风，居然也吹到了像老S这样的游医身上。

1981年对于老S，是人生的又一个起点。

这一年，医疗卫生行业开始走上正轨，国家对所有无证行医人员组织统一考试，合格者发给个体开业行医资格证书，无证行医一律予以取缔。

这对有点文化底子，脑子聪明，并且已经积累了十来年游医经验的老S，无疑是个机会。老S静下心来，把中医伤科有关的医书，甚至内科、外科方面的常识，都认认真真地复习、准备了两遍又三遍。

统一考点设在原兰二中教学楼。笔试成绩合格后，再进行面试。笔试，老S顺利通过，面试老师是当年兰溪县骨伤方面有名的劳医师。能说会道，读小学时就参加过普通话比赛的老S，面试也是一次通过。没过多久，一张盖有政府卫生管理部门印章、写着老S姓名、并有统一编号的中医伤科“浙江省个体开业行医执照”拿在了老S手上，而且是兰溪县头一批。

有了合法行医资格，老S的人生梦想，又一次被放大了。

老S虽是个游医，但也喜欢游玩，喜欢看电影、看戏、看书。这张由政府颁发的个体行医执照，无疑让老S如虎添翼。

“从这年开始，我凭这张正正规规的个体开业行医执照和县卫生局开具的证明，堂堂正正、踏踏实实地把全中国差不多走遍了！”

“走遍了全中国？”我很有点疑问，心想：这话我都不太敢说。

“那你说给我听听，拿到个体行医证后，全国东西南北，你都去了哪些地方？”我其实就是想考一考老S，因为以我的地理知识和到过的地方，老S在我面前是忽悠不过去的。

“一个省一个省说，如何？”

“好，那就从大西北说起。”老S一边扳着手指，一边开始回忆。

“西北到过甘肃、青海、宁夏、陕西、内蒙古……”

“说省份太笼统，就说具体城市、县城吧，比如甘肃省，到过哪些地方？”

“甘肃到过兰州，还有兰州边上的西固县。”

“青海呢？”

“青海就到过西宁。”

“宁夏呢？”

“银川，还有中卫。”

“中卫去过？”

“去过，中卫的印象特别深，城边上就是沙漠，旅馆的床上、被子上很多虱子，难受死了！”

“哦。新疆呢？”

“新疆没有去过。”

“陕西呢？”

“陕西去了西安，还到过陕北。”

“陕北哪里？延安？”

“延安没有待，是陕北的一个县，县名一下子想不起了，后来报纸电视上经常看到的。”老S似乎有点卡住了，摸着头皮，想了又想，还是没想起来。

“难道是神木？”

“对对对，就是神木！我在神木县城，足足待了好几个月！”

“神木盛产煤炭，是榆林市下属的一个县。”

“对对对，榆林我也去了，那时叫榆林地区。”

“榆林是座古城，城北有座镇北台，是长城上的一处重要关隘。”

“古城有点印象，但你说的那个什么台，我真不知道，没去过。”

问答至此，老S的眼神中，甚至思想中，似乎不敢再出任何差错，他怕任何一点差错、纰漏，都会让我失去对他的信任。而我，也相信他接下来说的，都是实话。

我不能说老S的地理知识有多丰富，只能说一个75岁的老人，记忆力确实已经相当不错。

经过老S几次叙述和答问，我已经大致“画”出了他的“游医浪迹图”：北到内蒙古呼和浩特、包头、阿拉善左旗，西北到陕甘宁，西南到贵州贵阳，南到广西柳州，东南到福建光泽，东到山东烟台，以及烟台下属的长岛县。东北三省没有去过。中南部的河南和湖北、湖南，老S去的地方比较多。至于安徽，不但去的次数最多，而且，老S的第二个即现在的老婆，就是在安徽绩溪“讨”来的——兰溪方言，把“娶”叫做“讨”。

“骇人味道了！”这是老S时常用兰溪方言挂在嘴边的一句话。

确实，四十来年的游医生涯，如果加上“文革”时期的免费大串联，老S一生的足迹，已经遍及全国二十来个省、市、自治区。

一个贫苦农民出身的社会最底层的人，通过自己的努力奋斗，不但没有走上邪路，还两次在行医过程中组建了家庭。

尤其第二任老婆，老S的心满意足，至今不加掩饰地挂在脸上、嘴上。前后三个子女也都有出息。尽管老S 64岁后不再外出做游医，但也没有躺在家休息，而是在城区做保安，帮几家饭店烧饭、干杂活，直到现在75岁，还每天早晚两头上五个小时的班。

很难说老S的今天，处于社会哪一阶层，但肯定已经不是最底层。老S一辈子，也很难说取得了多大的成功，但老S闯荡一生所见的世面，自己一辈子由苦到甜的奋斗经历，在他自己眼里、心里，已经相当成功了。

老S好几次这样对我说："要是没有从小免费读书，要是几次辍学后不再读书，就拿不到后来那张个体开业行医执照。没有行医执照我就闯荡不了江湖，成不了家，不会有三个有出息的子女，不会有今天这样的好日子。"

"那可能会怎么样？"我问老S。

"难说的，说不定为了活命，会走上偷盗抢劫的犯罪道路，最后一命呜呼了！"说完，老S还补上一句，"真格，真格！"

能够明白读书的重要，能够凭胆识、靠本事走南闯北，能够一辈子奋斗到老还自己养活着自己，并且懂得知足常乐，甚至能够说出"一命呜呼"四个字来，老S的一生笃定不差，也不应该差。

用老S老家的土话讲：阿侬这辈子，味道味道蛮啦！

2022年12月

补记：给老 S 这样的“小人物”写传，完全是个偶然。老S有点文化，虽然不高；脑子灵光，却不虚头巴脑、油腔滑调。75 岁的老人了，还每天早晚穿着工作服，揣着一只老年手机，认认真真地从事着一份普通得不能再普通的工作，并且跟租住地附近的邻里相处蛮好。如果不是因为几次闲聊，老 S 一辈子的经历，哪怕再丰富，再精彩，再有年代感和时代烙印，也不会有人去作记录了。毕竟，这是一个中国社会底层小人物一辈子的真实故事，而不是虚构的小说。

老 S 与我聊了很多次，却并不知道我姓甚名谁。有一次他问过我，我说我姓王。这就够了。

打鸟记

不是猎枪，当然也不是弹弓，而是气枪。

20 世纪 70 年代的中小学生，只要是男生，很少有不曾玩过弹弓的。

自制弹弓很简单：一根钢筋铁丝，用老虎钳拗成 Y 形，两头各留个小圈，系上皮筋或胶管，中间再系一块长形牛皮或猪皮“弹兜”，就 OK 了。也有用“丫”字形树杈做的，更简单。在兰溪县城，弹弓叫作“石头皮弹”，因为“子弹”大都是南门溪滩或建筑工地上捡来的小圆石头。

弹弓制作容易，但要用到稳、准、狠，却不那么容易。首先，需要一定的腕力、臂力，更需要反复练习——练习拉弓，练习瞄准，练习左右手的协调配合。

光练还不行。真正的高手往往是这样的：拉弓、瞄准目标、松开弹兜，两三秒钟内同时完成，随着“啪”的一下，鸟雀应声而落。高手的瞄准不是直瞄，而是估瞄甚至意瞄。这实际上就是一种感觉，除了千百遍反复练习，还需要天赋。就像《水浒传》中小李广花荣弓起雁落、没羽箭张清飞石打英雄，凭的一定不是直瞄，而是独有的感觉功夫。如果靠直瞄靠练就能百步穿杨、飞石似箭，岂不人人成了花荣、张清？

小学三四年级时，我就读的兰溪县东方红小学（云山小学）第二分部就在大云山麓。每每中午，如果天气晴好，便会约上三五同学，上山用弹弓打鸟玩耍。也常常会遇见蛇——真蛇或者假蛇，假蛇便是小蜥蜴，我们管它叫“四脚蛇”。四脚蛇往往一击毙命，有时也会被打断尾巴后逃脱。

气枪则与弹弓不同。气枪属于射击，要领是眼睛、准星、目标三点成一线，屏声息气，轻扣扳机。

顾名思义，气枪的动力来自压缩空气。最早见到的是下压杆式绷簧活塞型气枪，我们管它叫“压头枪”。这种气枪对枪弹要求不高，没有正规铅弹，粗细合适的铅丝铰成米粒长的一颗颗也能用。记得读小学时，有年春节前夕，下了一场大雪，白茫茫的原野上，仿佛一切都凝固了。我跟着当时的女埠区委武装部长去白露山脚打鸟捡鸟，用的就是这种压头枪和自制的铅丝弹。回来时，两只裤脚湿到了膝盖，战果却颇丰，除了麻雀，还有好多只乌鸦。那时候，农历正月在街头摆气枪摊打游戏或小气球的，用的也是这种枪和弹。大抵两分钱一枪或者三分两枪，打中目标可以继续打。有的还有小礼品。当然都是很旧的老爷枪，准星也不太正，不然摊主就亏了。

后来有一种多冲压式气动气枪，我们管它叫“摇风枪”。这种气枪比较轻，但每打一发弹得泵压好几次，而且用得越久压气次数得越多，不然威力不足。更大的毛病是，有时第一枪未射中目标，等你装好枪弹再咯吱咯吱打足了气补射时，鸟雀大都飞远了。

从1981年12月第一次打鸟开始，都是临时向“鸟友”借的气枪。直到1988年，我终于买了一把单次泵压侧式气枪，到公安部门办理了持枪证，还专门做了个金丝绒的红色枪套。那时尚无《野生动物保护法》，县以上文体用品商店一般都卖气枪，只是价钱较贵，买的人并不多。

比起弹弓打鸟，气枪厉害不止一点点，而过程的乐趣，只有喜欢打鸟的人才能体会。

打鸟最好的季节是冬天，越冷越好。因为冬天麻雀肉厚，加上木叶尽脱，隐蔽性较差，打鸟的人不太会追跑得满头大汗。偶尔也会有斑鸠、八哥、鹁鸪和不知名的鸟雀。空手而归的日子从未有过。味道最鲜美的当然是麻雀，“一只麻雀十八碗汤”嘛。更喜欢油炸着吃，加上佐料，一等一的下酒菜，还为此起了个雅名：糖醋飞天。

打鸟不仅需要体力，还需要观察力、沉着稳定的心理和与人沟通交流的能力。不管是结伴而行，还是独自一人，一路上各种各样的情况和问题都可能遇见。

比如体力，每次朝出夕归，一天下来至少十几公里路，并且不是公路、机耕路，而是山路、田塍路。或者根本就没有路，双腿走到爬到哪里，哪里就是路。有时为了追击一只已经被射伤的斑鸠之类，一口气跑上数百米是常事。

比如方位，一般每次确定好大方向后，一早先乘公共汽车或轮船到达某个公社（乡镇）所在地，然后往县城方向，一个村庄一个村庄边打边走。有时就在某个乡镇的某几个村庄之间反复搜寻猎物。那时不比现在，没有手机，没有网络，更没有卫星定位系统和百度地图，靠的就是自己的方向感、判断力，否则会越走越远。因此常常在前一天，用白纸对着《兰溪县地名志》上的地图画好路线图，放在口袋里，以备不时之需。

再比如解决饿肚子问题。那时打鸟不带干粮，轻装上阵。渴了，就到村民家讨口水喝。中午饿了，就到集镇上的小饭店、代销店买点吃的。或者找一户农家，商量做点土菜灶饭，付点钱。偶尔也会到熟人家做不速之客。

记得有一年冬天，我与另外两人到朱家公社深山里头的芦山(后改庐山)村打鸟。村上有一熟人，是附近坞口林场场长。寒风中见我们从天而降，意外得有些惊讶，随即让家人准备菜肴——五六种地道的山珍野味，还有尚未酿透的红曲米酒。边吃边聊中，听得出他对我们的那份兴致，既有些好奇，又有点羡慕。我们呢肚子正饿，也顾不上客气，狼吞虎咽，推杯换盏，将一桌酒菜一扫而光。后来，没过几年，说是鲍场长农历正月因为一次意外事故，走了。我怅然若失了许久。芦山，不仅人好，而且风景如画。

还有一次，我一个人乘船去汇潭。汇潭村地处兰江西岸，正对岸是洲上。香溪和梅溪，一南一北在此汇入兰江。汇潭沿江多沙质地，故盛产甘蔗、棉花和蚕桑。村上的老支书，每年农历腊月都要背上一两捆红皮甘蔗到家里来，祖母也都要备点小年货，让我塞给他带回去。这天中午，老支书忽然见我背着气枪站在家门口，“呀”的一声，简直不敢相信自己的眼睛。尽管便菜便饭，却是满满绵绵的情谊。

最美不过春节正月，家家菜肴丰盛，只要你开口，农家大都热情款待。有时还会邀你一道喝上两碗自酿的“缸米黄”，拉拉家常。乡下人家的淳朴善良，让你如沐春风。

谢别农家，挎上气枪，手提“战利品”，走在乡村小路或者江边陌上，仰望蓝天白云，环顾远山近水，那份快意，那份野趣，那种独步天地间自在畅达的感觉，实在比一枪命中目标更令人回味！

20 世纪 80 年代到 90 年代初的十年多时间里，因为打鸟，兰溪的所有乡镇我几乎踏遍了，有几次甚至到了建德、浦江和原金华县境内。即便后来去杭州读书，寒假回家也不耽误。毕业后分配到金华工作，冬季的星期天，依然经常回兰溪背上气枪去乡下转悠。有时候，与其说是打鸟，不如说是“走在乡间的小路上”，寻找并感受苏小明歌声中的田园诗意。

1989 年 11 月，单位组织活动，去罗店靶场比赛小口径步枪射击。两位部队转业的拿了第一、二名，还有一位连长转业的，十发子弹与我环数相同。经过加赛，结果还是我拿了第三名。许多同事感到纳闷:“你又没当过兵,怎么会打枪呢?”我说:“气步枪可是奥运会比赛项目呐!”

还有一次,与几位朋友驱车去兰溪东风水库、高潮水库(后来改叫“兰湖”,成了兰溪一处休闲旅游景点)打野鸭,用的是双管霰弹猎枪。野鸭的机敏不亚于麻雀,而霰弹的瞄准也不同于铅弹,靠的不是三点成一线,而是野鸭惊飞时一刹那的距离和角度把握。高潮水库不像芝堰水库那么幽深,四周的山和树林比较平缓。每到深秋,洁白的芦花在夕阳中摇曳,淡淡的有些迷乱的剪影,寂寞中透出一种原始的柔情。

世殊事异。随着《野生动物保护法》的施行,枪支包括气枪管理日趋严格,麻雀也从50年代末的“四害”之一,逐渐成了保护对象。

小小的不起眼的麻雀,过去成群结队在房前屋后、田间树头时,是那么喧噪。三十多年后的今天,当我把它们画上宣纸、写进文字时,已经变得异常安静,但安静中依然不失机灵。

2018年11月

外圩洲一夜

七年前的那一个冬夜，至今想来，依然觉得亲切、特别、充满幻想，使人难以忘怀。

美丽的钱塘江，从安徽南部的休宁县境内发源后，穿山越谷，向南，向东，然后向北，蜿蜒迂回数百里，在兰溪城下与金华江汇合后，一下子变得水宽流缓。从这里开始到富春江一段，称作兰江。千万年的日积月累，在兰江上形成了一个个大小不一、形态各异的沙洲江渚，其中最知名的有中洲、女儿滩和外圩洲。

外圩洲形如梭子，东西宽约500米，长2000米。这里绿树掩映，竹篁摇曳，芦苇环生，芳草遍地。每到深秋季节，便成为凫雁栖息的好地方。外圩洲因之又称雁圩洲。明代诗人唐龙有《平沙落雁》一首，单道这景致：

澄江一片浸圆沙，瑟瑟芦蒲开白花。

万里月明雁初度，天风吹落影横斜。

这风景，年年岁岁，都引得不少喜爱踏青寻秋的城里人，前来游赏野炊，体味大自然的真情逸趣。

我们也许算得上是那年的最后一批游人了。与众不同的是，不但时已初冬，而且是晚上七八点钟，才雇了只小船从西岸上的洲。怀里揣着干粮和两瓶“严东关”五加皮，还有三支手电筒，四把鸟枪。尽管一个个兴致勃勃，但互相看看，却总是一副蹩脚猎手的模样。

夜深了，深得有些透明。

远远望去，整个沙洲，只有东南和北边有两大片黑乎乎的树林。凭感觉，那是雁雀栖息的集中之处。忘了是谁提议，先去东南方向那片看看。五个人二话没说，便深一脚浅一脚地甩开了步子。没有路，只有忽疏忽密的荒草；又仿佛到处是路，忽高忽低的沙丘，踩在上头，比走柏油路更有意思。

大约十分钟时间，我们终于看清，原来这儿是一大片竹林。竹林，通常是雁雀最喜欢藏身，却偏偏又是最容易在夜间暴露自己的地方。稍有经验的猎手，只要打开电筒，慢慢地、轻轻地搜索，看到有个小白点，瞄准，扣动扳机，十有八九那猎物便应声而落了。然而，不知什么原因，偌大一片竹林，我们三支加长的手电筒，来来回回扫了三四遍，除偶尔听见几声窸窸窣窣小鸟的飞动声外，竟没有发现一个小白点。我们不甘心，绕着林子反反复复又走了几趟，还是没有。看来只有到北边那片树林去碰碰运气了。

没走几步，忽然从前方传来一阵狗吠和扑喇喇惊鸟乱飞的声音。那吠声，在寂静的夜幕下，显得特别响亮，特别阴森可怕。我们这才猛然想起，出发前买酒时，许埠村代销店店主告诉过我们的话：上外圩洲别的不打紧，就是北边黄溢村蚕种场养了两只凶猛的大狼狗，立起后腿，足有人的肩膀那么高。这下完了！我们赶紧关掉手电筒。你看看我，我看看你，五条汉子，平时一个个天不怕地不怕，现在呢，几声狗吠，便全傻了眼。怎么办？没有狗的地方没有鸟，有鸟的地方又有凶猛的狼狗。五个人我看看你，你看看我，没有一个敢说“我先上”的。罢罢罢，头一遭上外圩洲夜猎，便遇上了棘手的难题。

回去，已经不可能了。因为渡江过来的时候，已跟船家约定，让他次日早上七点摇船来接我们。再看看表，已经深夜十一点多钟。唯一的选择，就是找个能够躺下来的地方，硬着头皮挨一夜了。

说来又算幸运，找了一阵子，在西南角靠江的地方，发现了一个简陋的草棚子。狭小的塑料膜棚下，胡乱堆了些稻秆，看来是秋天哪个捕蟹的渔夫弃下的。几个人不管三七二十一，扔下气枪便往里头钻，然后胡乱吃些干粮，几口“严东关”咕嘟喝下去，不一会，便有几个呼呼入睡了。

我却怎么也睡不着。望着静静的江水，望着我喝着她的乳汁长大的母亲河的水，望着这条曾使兰溪城广饮“三江之汇、七省通衢”之誉和“小上海”之繁华的不知疲倦的长河，从脚下缓缓流过，我的思绪不禁翩然而起……

我想起外圩洲东南对岸，那个小小的黄湓村。晋代时候，曾出过一位名叫黄初平（即黄大仙）的传奇人物。初平家寒，但自幼聪慧过人，少时曾与兄初起一道牧羊。后遇一道士，见初平良谨脱俗，便将他带至金华山石室中传道修炼，四十年后初平与其兄一道成仙。民间盛传黄大仙“叱石成羊”的故事，便缘此而来。后兄弟二人回黄湓省亲，做了许多普济劝善之事。百姓感其恩德，择胜为其立宫建庙，香火颇旺。后信奉者迁居广东，再移香港，一日不慎失火，方圆数里尽化灰烬，唯黄大仙宫安然无恙。黄大仙因此在港澳甚至东南亚一带名声大振，信奉者愈众，香火愈盛。黄湓村也因此成为名播海内外的仙乡，“二仙井”等遗迹至今尚存。其实，细细想来，神仙本也是人，是公认的难得的好人、善人。一个人好事做多了，而且与众不同，就会被人称颂，被人怀念，被神化，以至被立庙祀奉。兰溪人有黄大仙这样的祖宗，称得上是一种荣光。

从黄湓再往东南约 8 公里，金华北山西行余脉之中，有一著名的六洞山景区，1985 年即被评为省级风景名胜区。实际上，六洞山一直可以追溯到唐宋时期，宋代《名胜志》中便有过记载。六洞山得名，是因山有白云、紫霞、涌雪、无底、呵呵、漏斗六洞。其中“涌雪”之名，乃南宋名士、“金华学派”创始人吕祖谦所起。明代大旅行家徐霞客 51 岁时，曾乘船泊停兰溪，畅游了涌雪、紫霞、白云、漏斗四洞，并宿于江南名刹上洞寺（即栖真寺）。《徐霞客游记·浙游日记》中，对此有精彩记录。遗憾的是，霞客探游涌雪洞时，“以无炬，不及穷”。直到346年后的1982年，才由几位富有冒险精神的年轻人，揭开了这个名震一时的大自然的秘密：原来，涌雪洞与玉露洞之间，竟有一条千余米的地下长河，这在当时是全国发现的最长的地下河。功亏一篑的徐霞客若在天有灵，会发出怎样的感慨呢？无论如何，当我们今天泛舟其中，叹赏那变幻莫测的溶洞奇观时，应该感谢并且永远记住那几位勇敢的青年。

回眸北望，我仿佛又隐隐看到了另外一个世界，另外一座我更熟知的名山：白露山。白露山又名玉带山、玉泉山，因山腰有白岩俨如玉带，山下有镜潭清澈可鉴，故得名。初版《中国名胜词典》中对此便有记载。我的童年和少年时代，断断续续有很长一段时间，就是在白露山下的黄店度过的。白露山的奇峰异石，每一处我都攀登过。白露山下的甘溪水，留下了多少游泳嬉戏的美好回忆。山颈的慧教禅寺，一年到头，总是那么香火袅袅。它的一草一木，对于我，都有一种特殊的情感。然而，在我心里，风景如画的白露山，最值得一提，最令人浮想联翩的，却是一个人，一个已经去世800多年的刚正忠义之士。

他叫周三畏，原籍河南开封，官至南宋大理寺卿（关于历史上的周三畏，存在不同说法）。绍兴十一年（1141），奸相秦桧以“莫须有”的罪名，将抗金名将岳飞投下大狱，并命周三畏诬陷岳飞。三畏不能不从，又不愿从之，便毅然挂冠而去。为躲避秦桧追杀，他埋名隐居于白露山，死后遂葬于斯。1990 年初夏，周三畏第三十三代孙、垷坦村的周云台先生，曾特地陪我去拜谒了周三畏之墓。

周三畏墓坐落在老鹰岩下，四周树木环抱，芳草萋萋。墓很普通，却显得苍老肃穆。墓前有一石碑，上刻“宋大理寺卿周廷尉讳三畏公之墓”。山的北面，还有一处“忠隐庵”遗址。忠隐庵是当地人在秦桧死后，于嘉定元年（1208）为纪念周三畏而建的。800 多年过去，那依稀可辨的断壁残垣，还有庵前那口池塘里没有屁股的螺蛳的传说，仿佛向后人昭示一条永恒而简单的真理：历史最终是人民写的！秦桧虽然权倾一时，陷害忠良，卖国求荣，但到头来，却落得个谥号“谬丑”，墓称“秽冢”，墓碑上也“不镌一字”的下场。忠奸善恶，真乃其墓可鉴，其碑可鉴啊。

江水悠悠，心绪悠悠。看看表，已近凌晨两点。不知怎的，迎面吹来的风愈来愈大，愈来愈有些刺骨。而我的神思，却愈来愈清醒，愈来愈收不住脚，跑得愈来愈远……

那风吹来的方向，兰溪的西大门诸葛村，是一处很特别也很别致的风水宝地。此话怎讲？以姓氏为地名，这在全国怕是绝无仅有，此其一。鞠躬尽瘁、死而后已的三国名相诸葛亮，其后裔目前在全国最大的聚居地，当推诸葛村，有近 3000 人之众。“大公堂”“丞相祠堂”等几十座明清古建筑可以为证，此其二。据说，抗战时期，日本侵略军的铁蹄踏进兰溪时，从诸葛村擦肩而过却没有发现，因村北有一高隆岗挡住了视线。丞相英魂保佑了后人免遭洗劫，此其三。其四，以大公堂前的“钟池”为中心，整个村坊街巷房舍的布局，完全按《易经》中九宫八卦阵式排列。人入其中，左旋右转，变化莫测。虽历经700余年风雨沧桑，仍基本保存着当时的格局。它不禁使人想起《水浒传》“宋公明三打祝家庄”中祝家庄的盘陀路来，只是诸葛八卦村一定要比“盘陀村”来得更玄妙、更让人好奇些罢了。

从诸葛村再往南约5公里，便是有“东方莎士比亚”之称的清初著名戏曲家、戏剧理论家、美学家李渔李笠翁的故里。在孟湖乡伊山头村的山坡上，李渔当年构筑的“伊山别业”遗址，至今仍可辨一二。说是别业，其实只是几间小屋草堂，但却依山傍水，匠心独具，风景宜人。还有一处“李渔坝”，是当年村民在他的倡导和设计下兴建的。还有一座名唤“且停亭”的凉亭，也是李渔在顺治年间乡居时发起建造的。李渔还特意撰联一副：

名乎利乎，道路奔波休碌碌；
来者往者，溪山清静且停停。

李渔一生漂泊不定，带着自家戏班浪迹天涯。但这也使他有机会漫游四海，文思泉涌。说不定，没有战乱，不是因为科场失意，没有种种生活的颠沛磨难，我们也许永远看不到《闲情偶寄》和《笠翁十种曲》了。李渔晚年从南京移居杭州，死后埋骨西湖之畔“方家峪九曜山之阳”。

不知出于何种情由，1990年4月，我竟托人从杭大图书馆复印了一份陈吟泉先生1957年6月15日发表在《杭州日报》上的《李笠翁的故居和坟墓》，并循着文中的线索，借出差之机，抽暇寻访了九曜山直至莲花峰石料厂旧址。一整天下来，尽管累得浑身是汗，仍然一无所获。看来，世人真的再难见到这位蜚声海内外，但却出身卑微、一生“游荡江湖，人以俳优目之”的戏剧大师的墓和墓碑了。这难道不是封建偏见的阴影下，一个小小的不该发生的悲剧吗？

不过三百年后的故乡父老没有忘记他，所有尊重历史、尊重知识和艺术的人没有忘记他。如今，坐落于兰溪城西兰阴山麓的芥子园，便是为纪念李渔而建的。亭台楼阁，小桥碧池，绿树花草掩映其中。游芥子园，不能不使人联想起当年李渔在南京的居所，他的以居所命名的芥子园书铺，由芥子园书铺刻印的驰名遐迩的《芥子园画谱》。

我还想起了告天台，想起长乐村明清古建筑群，想起大云山东峰亭，能仁塔遗址；想起了中洲渔火、将军岩、市区的民居古巷；想起曹聚仁、郎静山、贯休、金履祥、章懋……

“有老鼠！”不知是谁从睡梦中惊叫了一声。原来，后半夜天冷，几个人挤在草棚里，棚内棚外，温差足有六七摄氏度。聪明的小田鼠便三两成群、窸窸窣窣直往棚子里面钻，一不小心，竟钻到哪个人的裤管里去了。这下子谁也甭想睡了。可外面的风，却一阵寒似一阵，实在有点熬不过去。

“点堆火取取暖怎样？”于是几个人分头抱来几大捆芦苇秆子，在草棚前噼噼啪啪燃起一堆熊熊篝火，顿时把寒意驱得老远。

火，足足燃了两三个小时。远远地，从对岸村子里传来几声鸡鸣。紧跟着，芦苇丛里的鸟雀们，也开始叽叽喳喳乱叫起来。天，终于亮了！

大家从棚子里钻出来，往四处一看：好家伙，偌大的外圩洲，除了草棚周围一圈外，尽是一片白茫茫的冰霜。后来才知道，这夜是当年第一次强冷空气南下……

一晃七年过去了。如今的外圩洲，再不是那般荒芜。雁雀作为人类的朋友，也不能再当作猎物了。因为相传黄大仙少时曾在外圩洲牧羊，所以，现在的外圩洲，又有了一个新名字：灵羊岛。特别是在1995年开始举办兰溪黄大仙故里风情节后，外圩洲更成了近水楼台。现在，灵羊岛已逐步开发成为一个景点设施配套、功能齐全的旅游度假区，与对岸巍峨辉煌的黄大仙宫浑然一体。加上重修的西门城楼、能仁塔、悦济浮桥，古色古香又颇有现代气息的画舫游轮沿江排开，整个兰溪市初步形成了以“三江两洲八大景”为主要特色的旅游风景线。

往返于大上海与“小上海”之间的游人，究竟是慕名而来，还是慕名而去，已经不那么清楚，也不那么重要了。真正清楚和重要的是，一个地方，如何用开放的观念、放眼未来的思路，挖掘本地“人无我有”的旅游资源，并形成自己的鲜明特色，跻身竞争日趋激烈的“无烟工业”之林。

这一点兰溪抓得快，而且抓准了。

1996 年 3 月

补记：兰溪历史文化底蕴相当深厚，旅游业起步也比较早。一项工作抓得快、抓得准，但如果不是一以贯之地一抓到底，就可能会“起个大早，赶个晚集”。反之，起步虽晚但起点高、规划好，并能持之以恒地做下去，也一定会结出硕果。这方面，教训和经验一样比比皆是。（2018 年 11 月）

镜头下的游埠

一

浙江兰溪游埠古镇，尤其是“游埠早茶街”，但凡喜欢美食和踏访历史文化名镇名村的人，不是已经去过，就是在去的路上。借用这个句式，似乎也不算太过夸张。

游埠早茶，兰溪西乡一带延续了几百年的寻常日子，被时代的春风一吹，成了一道特别的乡村风景。

游埠，最早是一个集市，明代万历年间的方志中，即有“游埠市”的记载。这样的集市、商埠，衢江（钱塘江南源上游，北源为新安江）两岸还有不少。

互联网时代，一处网红打卡点，谁都可以点点手指，迅即在智能手机上搜索、购票、订房，或者直接自驾驱车前往。

但是今早，当我再一次走进游埠古镇老街时，却想让自己的身体和灵魂一起慢下来，再慢下来。

慢下来。像碗里咸豆浆的豆花一样，半凝半化、晃晃悠悠中，一小口带饼油条、一小口淡淡醋香葱香的咸豆浆，一边细细咀嚼品味，一边看着四周和老街上成排长桌两侧坐着的八方游客，饶有兴致地吃着热乎乎的带饼油条、鸡子馃、肉沉子、葱烧饼、炒粉干、煎包、酥饼、馄饨、发糕、索面、粽子……

慢下来。吃饱喝足之后，擦一擦嘴巴，然后起身，然后从老茶楼的右侧，穿过熙熙攘攘的人流，一直踱至外地游客渐少、本地老茶客渐多的早茶街的北端。今天，我吃完早茶的第一件事，就是想确认一下，自己 41 年前，即 1981 年 12 月曾经住过的“游埠旅馆”，是不是还在？如果还在，老茶街北端那幢看上去空空荡荡，但外观和用材装饰还依稀有点印象的三层半楼房，难道就是？

我于是走上去，向围坐在楼前茶桌边聊天的六七位老茶客问道：“几位大伯，你们看着都像本地人，哪个知道，这幢半旧不老的楼房，是不是就是 40 多年前的游埠旅馆？”

答案竟然出奇的一致：“就是这幢！”

我的思绪，仿佛一下子回到了从前。那一年的暮冬，就在这幢当时仅次于县城东风旅馆的游埠旅馆里，召开了为期一周的兰溪县青少年“三热爱”征文创作会。30 多位“大大兰溪县”的青年业余作者，文思满怀，诗情激荡，在此日夜奋笔。我也在三楼的一间客房里，创作完成了组诗《写在家乡的土地上》。可以说，这幢旧而未破的游埠旅馆旧址，是我文学道路上的一个难忘驿站。

我随即拿出手机，将41年前的游埠旅馆，将一小截曾经的青葱岁月，重新定格、放好。

二

游埠古镇范围很大，但它的核心区，是两条长长的南北平行、相通的老街，以及西边一条不宽不窄的小溪。溪上有五座古老的石桥，与老街周边的清代至民国时期的古建筑群，构成了一幅古朴恬静的画卷。人气最旺的早茶街，就在东边老街与小溪中间。

从全省乃至全国各地慕名而来的游客，除了拿着手机拍拍拍的美食爱好者，就是扛着三脚架、手持各种数码单反相机的摄影爱好者。其中不少，是一年四季追风逐月的摄影家，或者发烧友级别的老玩家。

然而，不管这个家那个家，到了游埠，走进游埠老街上的郎静山艺术馆、宝丽徕古董相机博物馆，我相信，所有的风月会一下子安静下来，所有手持肩扛的摄影器材，一下子变成了廉价的玩具。手上的智能手机，更如一支笔，像小学生一样默默地记录着摄影大师的风采，以及一部世界摄影简史。

不知道郎静山，总不好意思说自己是个摄影爱好者吧。就像一位摄影家，如果不清楚世界和中国照相器材发展演变的历史，多少也是缺憾。正好，到了游埠古镇，这两课都可以补上。

郎静山先生不仅是中国最早的摄影记者之一，更是一位世界级的摄影大师。尤其是他的集锦摄影，在中国和世界摄影史上，具有开创性和里程碑的意义。20 世纪 90 年代之前的三四十年里，大陆听闻郎静山大名的人并不是太多，但在台湾、港澳和其他国家，郎静山却一直大名鼎鼎。

他 1912 年进入上海《申报》，成为第一代中国摄影记者。

他 1925 年创办了中国摄影学会。

他 1927 年与胡伯翔等人共同发起成立了中国最早的摄影团体——华社。

他 1930 年在上海松江女子中学开设摄影课，开创了中国摄影教育之先河。

他的第一幅集锦摄影艺术作品《春树奇峰》，1934 年在英国摄影沙龙入选。此后，“郎静山集锦摄影”名震世界，成为中国摄影、东方审美理念递向世界的一张名片。

郎静山先生真正为当代中国人所熟知，是 1991 年“郎静山百龄百幅作品展”在故宫博物院、兰溪芥子园展出之后。那一年，100 岁的郎静山先生回兰溪游埠镇里郎村祭祖省亲，观者如潮，轰动一时。

与郎静山艺术馆相通的，是宝丽徕古董相机博物馆。这是我作为一个胶卷时代的摄影爱好者，走遍祖国大江南北后见过的古董相机数量最多、品种最全、布置最精心精致、相机镜头背后故事最多的一个相机博物馆。我不想说这是中国唯一，但它和它的主人——两馆馆长——卜宗元先生，一定是中国相机收藏界最值得写一本传记的有情怀的高士。

三

从空中俯瞰，游埠古镇的范围不大，却也不小。一条游埠溪，从古镇向东流出不远，汇入衢江。

在历史文化名城名镇名村公布了一批又一批，美丽乡村建设如火如荼，一个江南古镇，如果仅仅依靠几条老街、几幢几十幢古建筑，就想在文化和旅游深度融合的年代立足，已经远远不够了。把古镇与周边的传统古村落联结成一张网，向外进行整体推介，当然是个不错的思路，各地也都在努力这么做。但是，作为已经名声在外的游埠古镇，两篇真正称得上“人无我有”的文章，是“游埠早茶街”和“两馆一家”，非常值得进一步做深、做透、做好。

外地人的视角和当地人的想法，有时候不完全是一回事。

比如早茶街，对于外地人的吸引力，主要是丰富地道的美食，老街的乡村风情，以及那种回到从前的感觉。早茶街的老屋、排门、格局，甚至旧而不破的条桌、条凳，都不能动，如果都换成新的，就不是纯正的早茶街了。但又不能旧得不行，旧到给人脏乱差的感觉。怎么样保持旧而整洁、有序，包括小吃、餐具的品质、卫生、性价比，怎么样达到一种味觉与视觉观感的平衡、恰当，这篇文章并不容易做，但又必须持之以恒地做好。

另外一篇文章，就是“两馆一家”。两馆，前面已经说了，它们至少在大陆是唯一的。一家，即摄影之家。

如果把摄影之家客栈，仅仅看成一家普通的民宿，这样的眼光显然太低了。它的定位本身，就不是一家普通民宿，而是所有摄影家、摄影师、摄影爱好者身体和灵魂的驿站。在这里，可以用摄影镜头交友，可以探讨镜头后面的摄影技艺，可以在对郎静山摄影艺术世界和世界摄影实物史的感受中，继续安静地坐下来、躺下来听风、看雨、捕云、揽月、沐霞……

从这样的定位出发，理想中的游埠古镇核心区，应该由“两街一溪五桥”构成。西街为早茶街，它的主题词是美食、烟火气；东街为文化街，它的主题词是摄影、休闲、品位；西街之西是溪河，它的主题词是小桥、流水、人家。

这样的境头下的游埠古镇，才是独一无二的。

这样的游埠古镇，我愿意一去再去。

2022 年 10 月

《水浒传》之类

1975 年下半年“评《水浒》运动”袭来时，“文革”前出版的《水浒传》连环画，我已经看过无数遍。108 将的诨号、身份、地位、武艺、相貌、性格特点等等，大都熟记于心，并能向同样喜欢《水浒传》的同学一一道来。

连环画是根据 70 回本，即所谓金圣叹“腰斩本”改编的，以“梁山泊英雄排座次”作结。70 回本看着如大碗吃酒、大块吃肉，痛快酣畅，一个个官逼民反、快意恩仇的江湖故事，最后惊堂木般在忠义堂“啪”地一声戛然而止。至于“排完座次后怎么办”这类问题，对于刚刚小学毕业的我，不可能再追问下去。

被“评《水浒》运动”一闹腾，初中第一个学期，忘了从哪里弄来一套上海人民出版社出版的 120 回本《水浒全传》，又认认真真地一回回细读起来。因为有了连环画的极深印象，每每看到一个好汉出场，此人的形象仿佛便是立体的，连穿着打扮的模样，都从连环画跑进书中。

全传毕竟是全传，洋洋洒洒上百万言，每一回的起承转合，尤其读到最末处那句“且听下回分解”，便直接翻到下回继续看。这比坐在话场里听说书爽快，也比书摊（店）一本、两本地租着看更连贯。

《水浒传》对那几年的我吸引力极大。当时不知吸引力何在，后来回过头去看，不外乎这么几个方面：

首先是那面“替天行道”的旗号。梁山好汉武艺高强、各怀绝技不说，单凭“替天行道”四个大字，那些被杀的贪官污吏、恶霸无赖，便觉活该。尽管什么是“天”，什么是“道”，心里头一直约约莫莫。

其次是文字。水浒故事，从民间流传到宋元话本肯定已经不少，但到施耐庵笔下一著一编，就成了一部不朽名著。当时的我，每每读到那些人物形象、故事情节生动无比的描述，那些写景状物精妙绝伦的诗词文句，便想作者定是个文武双全、通晓天文地理之人，否则怎么写得出如此惊心动魄的行军打斗场面、朝廷衙门的钩心斗角之事、三教九流各色人等的行事做派？还有一幅幅宋代社会普通百姓的日常生活风俗画面？……佩服，实在佩服！佩服之余，还专门用自制的笔记本，把一些感觉特别好的诗词妙句抄将下来。后来的后来知道，《水浒传》，果然被大才子金圣叹赞为“第五大才子书”。

第三个原因，可能是外公一直没讲《水浒传》。外公那么多年，给我们讲了那么多《三国》《聊斋》《封神榜》《西游记》的故事，为什么单单没讲《水浒》故事？外公不可能不会，但的确没有讲。于是便自己看，有一种弥补空白的感觉。上海人民出版社这套上中下三册的《水浒全传》，居然还有许多繁体字夹杂其间，这对我学习书法，也是个意外的帮助。

最后一个，应该是《水浒传》中的历史、地理知识点。1974年底或1975年初吧，我已经用零花钱买了平生第一本《中国地图册》，无事喜欢翻翻看看。尽管知道《水浒传》跟《三国演义》一样，是虚构的小说，却都有些真实的历史素材。后来读《大宋宣和遗事》，虽是宋元话本，但相比《水浒传》，趣味性、吸引力便小了许多。

对照地图读《水浒传》，除了增长历史地理知识，还有一个乐趣，就是能够发现一些问题，提出一些疑问。依稀记得有六七处、七八处，但不知是否真的算错。后来想想：我手持一本1973年5月绘制出版的《中国地图册》，却去要求生活在元末明初的施耐庵地理描述该如何如何精确，是不是过分了？

中国四大古典名著，排在首位的无疑是《红楼梦》。另外三部，就看排名者所好所需了。譬如这里，我便暂且把《水浒传》排在了第二的位置。不是因为《水浒传》比《西游记》《三国演义》写得好，而是好看。

好与好看，是有所不同的。

就像《三国志》，当然是官方“正史”，《三国演义》只是小说。你读历史，研究历史，当然必须先读“正史”，但论阅读趣味，《三国演义》就强多了，况且三国时期的基本史实，小说并未篡改。

《水浒传》也以宋江造反的史实为据，只不过虚构成分更多，不能当作历史来读、来研究。但论人物形象刻画、故事编写及文字之高超，除了后来读到的《红楼梦》，无有能及。

说到史书，即便二十四史、二十五史，以为读的就是中国几千年的真实过往，其实未必。所谓“正史”，都要加上引号才行。历朝历代，吃皇粮的记事修史官，基本上都是照旨办事，最后由皇帝钦定。前朝的历史，想让后人看到什么、看不到什么，写什么、怎么写，甚至篡改、捏造什么，很大程度上是帝王将相决定的。这么做，还有一个更大的好处，就是本朝的历史，后世也只能在钦定的框架内看到什么、看不到什么，至于写什么、怎么写，更不在话下。无怪乎鲁迅先生一言以蔽之：等于为帝王将相作家谱的所谓“正史”。仔细想想，的确如此。几千年换汤不换药的封建专制制度下，朝代换来换去，皇帝、年号换来换去，皇帝的新装还是那一套。

四大名著也可以加上《聊斋志异》《儒林外史》，称作六大名著的。中国传统文化土壤上结出的果实，自然是满满的中国味道。要说批判，作者大抵只能到奸臣贪官这个层次，皇权以及制度层面的揭示，是需要另外一套参照系的。

“评《水浒》运动”，让《水浒传》忽然之间成了热门书。70 年代，我们同住兰溪“钱业公所”旧址的邻家长辈，戴着老花眼镜，也看得十分认真，一些生僻字，还专门用圆珠笔标出旧式注音符号。

至于看过《水浒传》之后，是不是都会得出宋江是个投降派，接受招安是不是水浒英雄们悲剧式的宿命，就看当时每个人的理解和认知了。比如我，读过之后，还写了一首《再读〈水浒传〉有感》：

水泊梁山，鸭嘴金沙，八百方圆。河北及时雨，义士宋江。聚义厅前，文武两班。忠义堂上，天罡地煞，替天行道大旗展。百单八，气势贯长城，理不招安？挥枪刺虐刺贪，三败高俅二战童贯。不反宋天子，力图国全。田虎王庆，一举擒歼。江南方腊，帮源头滚，留得一世清名传。数百载，洒血祭雄杰，恰似倾盆！

此篇立意，不与时同。近半个世纪过去，将自己十四五岁时的读后感重录于此，除了留一点纪念外，不免有一番别样的慨叹。

现在的我看《水浒传》，当然不是这样了。

2024 年 2 月

“白露山樵”缘起

平生见到的第一座大山，并不是长大后踏访的“三山五岳”，也不是兰溪人挂在嘴边的横山（兰阴山）、大云山。尽管，1967年我们家从章府左巷搬入章府门口“钱业公所”旧址后，二楼窗外一眼望去便是大云山。

我记忆中的第一座山是白露山。

白露山位于兰溪县城西北约15公里，后来被列为省级风景名胜区。我看见并知道白露山的时候，只有两三岁。它距离女埠区委区公所驻地黄店仅一二公里，天气好的时候，隐约可见上山的小路。

三年困难时期，我们全家随父亲搬至黄店暂住，一住就是五六年。祖母也一道去了，并操持着一家人的日常生活。有一回，冬天，祖母帮我穿好一件灰白格子的旧呢大衣，我独自打开区委院子后门的门栓，去百米外一小伙伴家玩耍。只听祖母在身后高声嘱咐：“早点回来！”

沿着披满白霜的小路往前走，路边有几个露天粪坑，上面结了一层薄薄的冰。白露山虽说近在眼前，但那时几个小伙伴，确乎不敢自行前往，只能远远地看那一个叫“白露山脚”的村子。

后来上小学时，每年暑假寒假，我都会去黄店。寒假除了做作业，大都呆在母亲工作的供销社文具柜台。暑假，活动范围就显得无比开阔。白露山下的甘溪，有几个清澈如鉴的水潭，是我们戏耍消暑的绝好去处。有一次，甚至爬到白露山一块叫“石棋盘”的巨岩上，底下是百米陡崖，山风阵阵吹过，感觉巨岩在晃动。

那些年，父亲常以“上白露山斫柴”，来形容当地农民生活的辛劳。可在我眼里，樵夫们在重山密林间劈刀担柴的样子，辛劳中不乏萧散、悠闲、自得。

后来在1982年版《兰溪县地名志》上，看到了白露山、白露寺（慧教禅寺）、白露山脚村、王家村的介绍，知道这里果然自古就是一处风景名胜。还知道了白露山麓童家源村，曾经有过一位姓童，名之风，字晓岩，号白露山樵的画家。我们去黄店暂住时，童之风在家过世不久。明代还有一位家居白露山麓的黄傅，自号白露山人，著有《白露山人集》。

这两位先贤，在我青年时代便留下了深刻印象。以至于后来研习书画时，时常信手自署白露山樵，或者白露樵客、竹风居士、云顶少公、山中侯，慢慢地，道友间或以号相称。两位西泠印社中人，还为我治“白露山樵”印章数方，分置杭州、兰溪两地钤用。

字号别署，自古便是文人墨客的案头雅趣，都有作者的寄寓。细究起来，字与号、别署还有所不同。古人讲究称谓，尤其读书人，除了名，得有意思关联的字，并多有别署，不同的场合不同的用处。字号别署与笔名也有所不同。笔名是作者发表作品时用的别名，字号别署的使用则不一定非要将作品“公之于众”。

譬如我，十二三岁时，沉迷于中国古代名著连环画《水浒传》《三国演义》《西游记》《说岳全传》《杨家将》等。因敬慕杨氏一门,便自取别名“延昌”,并手刻篆体玉石章一枚。1977 年，我在外祖父遗留的所有线装书封面上，都盖上了这方印章。如今章已不在，印却如故。这个别名，80 年代作笔名用过一两次后，便再未使用。

笔名用得最早、最多的是“哨杰”。

1980 年《金华文艺》(季刊)第四期我的处女作《夜来香》发表时，署的就是“哨杰”。哨杰是自己真名的谐音，并无特别含义。80 年代初期，这两个署名用得很随意。1983 年浙江省文联发行量高达 120 万份的《东海》文学月刊(八月号)，推出年度“新人新作”，自己有幸忝列其中，并排在四位中的首位，署名也是“哨杰”。不过，底下印了一行写有真名和工作单位的简介。所以一时间，省内外诗歌爱好者的来信，写笔名、真名收的都有，数量多达几百封。这真是那个文学的时代、诗的时代的奇观。

再后来，报刊上曾经用过的笔名还有睿儿、青睿、芸芸子、人桀、一川等，有时是为了避免重复，有时只图个新鲜，有时则是特意隐去真名。

之所以说这些，意思是按照《著作权法》的规定，署名权是一项每个公民都享有的人身权利。署真名，署笔名，包括字号别署，如无相反证明，法律效力是一样的。就如后来在微博、QQ、微信、微信公众号等社交软件、平台上，用户、作者可以自取各种昵称。这与先前的字号别署、笔名，性质是一样的，并不是“鲁郭茅、巴老曹”这些文学巨匠的特权，尽管很多文化大家，的确以笔名、字号名世。

之所以写这篇文字，还有一个动因，是为了铭记自己的少儿时代。一个人的少儿时代，是人生的出发点，无论你最后走多远，内心深处都抹不掉这个印记。白露山之阳，就是我人生的出发点。就像黄店曾经抱过带过我的一位农妇——说的阔气一点，就是我的保姆（鲁迅语），从20世纪90年代起，每年春节我都会去看望。直至她高寿谢世，仍然写了一首《那一片落叶》为她送行。

而我的祖母，因为最困难的时候在黄店生活过五六年，自己种菜养鸡，缝补浆洗，便到晚年还一直念叨黄店，念叨白露山，念叨生命中所有曾经让自己和儿孙们渡过难关、好好活着的人和事。这是操劳一生的祖母最朴素的感恩。

祖母离开我们已经38年了。“三十八年过去，弹指一挥间。”2022年，我曾经写过一首献给祖母的小诗《樟树潭》，现重录于此：

祖母的一声叹息
民国八年留在了这里
再没回去

从上一个三江口
到下一个三江口
船需要一天
飞鸟需要一个时辰
祖母伤心的年轮
滚了一辈子
也没走完

今天的樟树潭
已不是从前那个
从前那个，破败不堪
今天这个
祖母只能永远躺在山顶
遥望

每个人的过去、将来，大抵便是一种遥望。

2024 年 2 月

兰溪：一江春水向北流

兰江的故事实在太多，随便掬一捧，都是满满的回忆。

钱塘江有两个源头：南源和北源。北源为新安江，中间有一个名声更响的千岛湖。溯江而上，是安徽省黄山市，古代叫徽州。北源的源头，就在黄山市休宁县境内。

南源源头也在休宁县境内，只是流向不同。北源往东，南源往南，往南进入毗邻的浙江开化境内叫马金溪。然后是常山港、衢江，衢江与婺江在兰溪马公滩汇合后叫兰江。兰江由南往北，在建德梅城与新安江汇合后称富春江。最后在杭州双浦、闻堰、浦沿、下沙一带拐上几个大弯，进杭州湾东流入海。

大约 80 年之前，从衢州直到杭州，沿江都有茭白船，也叫江山船、高拔船、花船、花舫，既是客商设席待客，也是男人寻欢作乐的场所。兰溪茭白船数量最多，清末极盛时达 90 余艘，后逐渐减少。抗战期间因日机轰炸，茭白船最终销声匿迹。茭白船的故事，也从此留在了郁达夫、曹聚仁等人的文章里。这也从一个侧面，印证了兰溪“小上海”曾经的繁华。

有“三江之汇、七省通衢”之誉的兰溪，因水而兴，邑以溪名。直到20世纪70年代，从驿前码头开始，自南往北的南门码头、水门码头、西门码头、柳家码头、朱家码头、张家码头、王家码头（即航运码头）、下卡码头，还是挂在兰溪人嘴边的重要地名标志。沿岸石阶间停泊的大小船只，除了承载货物和最后一拨渔民的生计，更承载了兰溪人无数美好的回忆。

美好的回忆首先是一江碧水。衢江、婺江汇合后，江面豁然开阔，中间一个巨大的沙洲，俗称中洲背。中洲背与西门码头之间，有一座长长的浮桥。夏日的傍晚，这里是兰溪城里人消暑嬉戏的天堂，也是一道优美的风景线。

从南门溪滩至航运码头，岸上水中尽是密匝匝的人和船。大人、小孩，男人、女人，洗衣的、游泳的，木杵声、嬉闹声，机帆船、摇橹船、打鱼船……

最爱莫过于横渡兰江。那时的兰江水，清澈得几乎可以直接喝。而且自东向西，几个“水跟斗”钻过去，便觉越游越清，因为从衢江下来的水，比婺江更加清澈见底。等你游着游着，脚底心踩上中洲背光溜溜的鹅卵石时，三五成群的小鱼，会朝你腿上轻吻几下，然后消失在水草丛中……

跳水的感觉更爽。尤其当你站在轮船顶棚或者西门浮桥的船头，收腹吸气，纵身一跃，江面上溅起的水花，会让你想起《水浒传》中的“浪里白条”张顺、“混江龙”李俊……长在兰溪城里，尤其是男生，如果上了中学还不会游泳，自己都不好意思说。

然而，要练就点好水性，大都会有故事，甚至还有几分惊险。

比如我，小学三年级的一个夏日，与四五位同学凑一块，走路去女埠乡下玩耍，因为有位同学的姐姐“下放”在那“修地球”。一帮人沿着兰江西岸走啊走啊，仿佛快到目的地了，却被一条小河挡住了去路。怎么办？大家一商量，天这么热，索性就玩玩水回去算了，于是一个个脱光衣裤跳进河中。

那时我还不太会游，刚刚学会点潜水，兰溪人叫“钻水跟斗”，大概有点像蚊子幼虫孑孓（跟斗虫）在水里的模样。谁知，小河看似不深不宽，水流平缓，但人下到河里，水一没过肚脐，整个身体便开始飘浮起来，并会不由自主地朝更深处慢慢浮移过去……

等到双脚悬空，脑袋瓜霍地一下惊醒过来，水已没过头颈！我本能地拼命手脚并用，扒着河底的杂草沙石往岸边挣扎，一边咕嘟咕嘟连灌十几口水，总算爬回了浅滩！几个同学因为分得较开，竟然没有发现，即使发现了，以当时半斤八两的水性，可能谁也救不了谁。

“好了伤疤忘了痛”，这话似乎特别适合学游泳的人。第二年夏天，我又侥幸逃过了一次更危险的游戏。

那时的西门浮桥，由一长串木船、水泥船，架着厚厚的木排横贯兰江。船与船之间，两头各有粗大的铁索相连。铁索低垂在江面，映出一道道优美的弧线。游泳游累的人，常常会抓着铁索歇一歇。也有人喜欢从一根铁索，钻个“水跟斗”到另一根铁索，没什么意思，就是好玩。

我也跟着玩，而且觉得踩水和钻“水跟斗”的技术长进了不少。开始还比较小心，渐渐地，便有点麻痹大意了。有一次，江水比较急，一个“水跟斗”下去，刚刚潜过半条船，便钻出水面伸手去抓，不料铁索太高，一下子没有抓到，跃起又抓，还是没有抓住。于是人一下子滑落船底。

船底几乎是平的，上面布满了河蚬、螺蛳和滑腻腻的污泥苔藻。以前的人不懂，说船底有吸力，人一旦误入船底，便会被吸溺毙。其实不是什么吸力，而是人体的浮力，加上窒息前那一刻的惊慌失措。

那一刻不惊慌是不可能的，幸好我还没完全失措：四只手脚使劲往一个方向乱颠乱划，终于从船底下挣脱出来，在船的另一头抓住了铁索！浑身上下擦出一道道血痕，也不知道吃了多少口水，那么突然，甚至连喊声“救命”都来不及！而浮桥之上，人来人往，全然不知底下发生了什么，似乎什么也不曾发生。

那个时候，年年夏天都有人在兰江游泳溺亡，游泳的人却年年挤满兰江。奇怪的是，两次历险过后，我感觉自己的水性，反而一下子比之前好了许多。

西门悦济浮桥、中洲至溪西的辅济桥和南门浮桥，是兰溪20世纪70年代尚存的三座浮桥。其中，悦济浮桥历史最为悠久，始建于北宋熙宁年间，宋人范锷撰有《悦济浮桥记》。明代唐龙《兰溪八景》诗中，有五首吟写兰江，其中一首《巨浸卧虹》单道这景致："松舟百叶浮江上，铁缆千寻贯水中。月下独横题柱笔，一来一往踏长虹。"一千年来，悦济浮桥屡废屡兴，已然成为兰溪历史文化的重要标志，更是兰江上、兰溪人心上一处独特的景观。

浮桥东侧的西门城楼，是民国时期拆城拓路后仅存的古城楼。1985年9月9日，西门城楼与沿江古城墙相依相拥四百多年后，颓然倒坍。据说，西门城楼倾圮时，尘土飞扬、盘旋于兰江上空，久久不肯散去，令人唏嘘。

1995年6月西门城楼重建，时任兰溪市委书记郑宇民撰《重建西门城楼记》。短短两百余字，透出一种强烈的历史感、使命感、紧迫感，给人启迪，催人奋发。

兰溪的文化旅游资源比较深厚，旅游业起步也比较早，可以说是"起了个大早"。然而20多年过去，相比周边县市，起色并不很大。甚至已有千年历史的悦济浮桥，因为个别并不充分的理由，居然也一拆了之。

这种与时代趋势、百姓意愿颇不一致的违和感，的确难以让人认同。几次回兰溪，老家的同学朋友都问我对此"怎么看"，我说"向前看"，相信有朝一日建回去的理由，会比拆掉更加充分。

兰江大桥建成通车于1975年4月，桥头镌有郭沫若的手书大字。40多年后的今天，每当夜色降临，站在桥上远眺，唐代诗人戴叔伦《兰溪棹歌》“凉月如眉挂柳湾，越中山色镜中看。兰溪三日桃花雨，半夜鲤鱼来上滩”的意境，依然隐约可见。只是一江倒影之中，多了不少高楼大厦，多了几分亮丽璀璨。

先前的兰江大桥，老城这头是个很大的圆形引桥。骑车上桥，要爬一个360度的大弯坡，有点费劲，有点不易，但一旦踏上正道，便可一往无前地跨过兰江了。

兰溪的重振之路，但愿也是如此。

2018年10月

说明：此篇原题为《远去的兰江》，现改作《兰溪：一江春水向北流》。这既是兰江的确切流向，也是六年后的新春，我从窗外一眼望去的真实景象。

后　记

此书原本不打算作什么后记。想写的，能写的，可以公之于众的，或作或辍亦有二十来篇。

2020年以来，回故乡踏访的时间多了，触景生情，写了一本诗集《献给乡村》。其中一些，纸媒、公众号还在零零星星地重发，说明尚有人同频共振。

而写这等回忆性文章，最早显然是受鲁迅先生《朝花夕拾》的影响。旧事重提，大先生尽管只写了十篇，却篇篇脍炙人口，许多成了散文经典。我尤其喜欢当中的《阿长与〈山海经〉》《从百草园到三味书屋》《父亲的病》《藤野先生》和《范爱农》，有些片段甚至会背。文学巨匠的思想、学识、笔力，我仰望、学习一辈子，依然只有敬佩二字。实际上，鲁迅先生写作这些回忆文字时，不过四十五六岁。

记得1985年12月31日，我和几位同学平生第一次乘飞机，从杭州来到上海。次日，即1986年元旦，便去虹口公园拜谒鲁迅墓，并写了一组散文诗《在鲁迅墓前》，以及一张肃立墓前的留影。两年后，我在另一篇《鲁迅何以不朽》的文章中还写过一段话：“大海也似的鲁迅思想，是凭每一个人的容量与胆识大小而汲取的，但凡每一个真诚地汲取过的人，都无不沉浸于先生思想的漩流之中。”现在，我还是这样认为。

作这等回忆的文字，需要阅读、查找大量兰溪有关文史资料。好在如今通信便捷，部分文章定稿前，先发给一些地方文史研究者，以及小范围的同学、朋友圈，征求意见后略作了修改。在此，谨致诚挚的谢意。

至于有人说，2024 年，刚好是兰溪建县 1350 周年，这本书出版更有意义了。果真如此，当属颇有意思的巧合。

2024 年 2 月 20 日，于兰溪读瀫轩

附录一：兰溪古城八咏

告天台

铁面御史赵抃，怎么也不会想到
五百年后，一个做了九品主簿的后代
会在兰溪天福山建起一座庙祠
让自己孤零零站上红条石筑就的高台
一边远远伫望故乡衢州，一边
肃穆中接受各色人等的称颂祭拜

一台一祠，相比一琴一鹤
显得那样阔气，甚至有些奢侈
称颂祭拜的人群中，除了芸芸众生
还有一任一任流水似的地方官
一任任上去又下来，有的挥挥两袖
拂面而过的是清风，正气，口碑
有的从台上下来，却只听见
雪花银悉索与唾骂声交织的嘈杂

焚香告天，若是举头三尺有神明
那么告天台，就是一面正心的明鉴

若是心无敬畏，那么告天台
就成了地方官逢场作秀的戏台
登过告天台的地方官，志书中的不算
有多少让人念叨，有多少令人唏嘘？
这不，那天和朋友一起喝茶聊天
扳着手指，一任一任点过去
点到最后，竟剩下，一声长叹

药皇庙

其实，这只是一个神话传说
但是够了，只要神农在庙宇中间一坐
五千年华夏文明便长满精气神
中国历史的脉络，缠来绕去
最后通向一个共同的根

神农尝百草，就是把生死放进嘴里
咀嚼再咀嚼，让百草成为药
成为上古时期人类繁衍的护身符
中华医学由此萌芽，而神农氏
“药皇”的尊称，已远不止是赞誉

走进这里的人们，是不是应该
恭恭敬敬地鞠上三躬——
给神农，给张山雷，给瀫西药业公所的前辈
然后抬起头，静穆中虔诚地仰望
就像夏夜，仰望浩瀚星空……

钱业公所

似乎竖起耳朵，就能够分辨
水池边在叫的那对蟋蟀，是不是原配
天井中飞进飞出的燕子，衔回的
是天福山的草茎，还是大云山的春泥
而当长脚蜂嗡嗡嗡的响声，又一次
把午后的慵懒戳了个小孔
惺惺忪忪的睡意，便顺着过堂风
日复一日年复一年地吹散开去

红衣少年最初一个人生梦想
轻轻搁在东侧屋柱间的书架上
第一首诗，载着月界旅行的曼妙
从这里启航，驶向大江南北
驶向一个又一个遥远的城市与乡村
大千世界的繁华竞逐，奔波忙碌
以及无穷尽的欲望，无穷尽的追寻
最后无一例外地归于淡泊，归于宁静

恰如今天，无意中推开青石铁门
昔日的场景，正在还原最初的模样

只是没人知晓，待到尘埃落定
那帮垂着长辫或身穿长袍马褂的钱庄老板
是喜欢聚在堂前，一边喝茶议事
一边操着“小上海”特有的南腔北调
津津乐道些茭白船上的风流韵事呢？
还是像我等一样，更喜欢听外公
操一口徽州兰溪话，一边抽着旱烟
一边讲三国、西游或者聊斋故事？

胡应麟故居

把城中间一片丘陵命名为山
实在是天赐的福分
天福山最高处叫牛角尖
像水牛的角，牢牢地顶住天
顶住天还得立住地
才称得上真正的男子汉
顶天立地不是靠蛮力
得有学问，层层叠叠四万余卷
洋洋洒洒百千万言
刻在历史的碑碣上方为不朽
一如思亲桥畔的藏书楼
只要精神和梁柱不朽
拆毁了还可以再拼回去
二酉山太远，天福山很近
拼回去的二酉山房
依然让后人仰望
依然可以俯视天下江南
四百多年前古朴典雅的气息
一年四季在此萦来绕去，算不算
另一种天赐的福分？

绣衣巷

岁月被挤成一道窄窄的缝
从东头到西头
快步走，只要三分钟
慢慢品，需要一个时辰
晴空万里，太阳能走上一天
下雨的时候，撑着油纸伞
一遍又一遍地彷徨，彳亍
独自在那份惆怅寂寥中
寻找一枝似有若无的丁香

而我，则想起从前
时常挑一副铁皮的水桶
空空地从东头进去
直到西头，又从西头
满满地从东头出来
水桶里盛的不是水，而是米
白米饭很香，虽然从未遇见
丁香一样的颜色与芬芳
哪怕，一位穿着绣衣的
梦一般飘过的姑娘

水门码头

兰溪城的古老
大部分砌在了这里
层层叠叠，像一本本厚重的书
记录了无数进进出出的故事
有四季不歇的洗衣妇
有县衙里流水似的官
有靠泊在流水上的茭白船
还有徐霞客郁达夫曹聚仁的感叹

几乎每一年夏天
洪水，都会把水门淹去一半
甚至整个拱门
都被滚滚浊流不停地冲刷
水门的意志却因此变得坚强
水门的骨骼鼓起块块肌肉
尽管，看上去并不高大
但石缝间一丛丛枯了又绿的杂草
仿佛在自豪地告诉人们——
什么是我在城在
什么是老而弥坚！

桃花坞

这名字，听上去就芳香绚烂
春风一遍遍地吹开万千花瓣
将整个山坞装点成一处小城风景
于是人们干脆聚居在这里
修房舍，筑小路，挖水井
让心情和生活一起，手挽手
在古韵悠长中绽放美好

忽然有一天，整个桃花坞被拆了
剩下零零落落的老屋，老井，老殿
留在朋友的镜头和钢笔画中伤感
而我却说：不打紧，未来的桃花坞
相信会比从前更有味，更现代
搬出去的人会想着再搬回来
四周，也会有更多的桃花盛开

双塔写生

从能仁塔看横山
从横山塔看大云山
是两种不同的遥望

横山不需要太多背景
夕阳西下的剪影
就代表了全部乡愁
如睡美人，枕着渔舟唱晚
唤起无数青春的记忆，静静地
等待日落后的浪漫

大云山逶迤于北山脚下
能仁塔如亭亭少女
穿着白色的长裙
每天在日出中梳妆
然后任由微风吹拂
任由一颗纯洁无瑕的心
在青山碧水间伫盼，思念

双塔的美，除了远远欣赏
还要互相欣赏，缺了一座
都不算纯粹的兰溪
就像缓缓展开的《越中山水图》
钱塘江和北山余脉，少了一样
都不是纯粹的故乡

2022年10月

附录二：那时的兰溪（组诗）

大云山

金华山一路向西
缓缓向西，到这里
作了最后一点小小的隆起
犹如最后一声道别
随即消失在宽阔的江底

不经意间
两千多年的文脉
跟着延续到了山麓
众多类似黄大仙的传奇
从这里翻开新的篇章
开始讲述七省通衢的故事
连同茭白船上
那些众说纷纭的情节

大云山不大
白云时常在四周萦绕徜徉
东边峰顶有个亭子

站在亭下远望
对岸横着一座双峰耸翠的小山
名字比少女还要少女
倒影中透着幽兰含薰的诗意

大云山的风
吹着上世纪七八十年代的曲调
让你想起桃花坞深处的春天
和百步梯歪歪扭扭通向山去的样子
张开双臂奔跑
内心有飞的冲动
仿佛一不小心松手
身体，会像纸鸢一样升空……

弄堂

一条弄堂
又一条弄堂
一千三百多年的小城
分隔成无数不同的形状
高高低低的马头墙
彼此挤着，又相互谦让
层层叠叠的瓦片
顶着雨珠或者阳光
齐刷刷滑入天井
天井有大有小
有长，也有方

弄堂风轻轻吹过
燕子变得欢快
孩子变得活泼
姑娘变得羞涩
小伙子们变得成熟炙热
生生不息的日子
在鹅卵石偎着青石板的温存中
又开始了新的生活

弄堂与弄堂如兄弟
至少也像亲戚
宽可骑车
尽管弯弯曲曲
窄不过三尺
天空只剩下了一道缝隙
面对面挑着扁担相遇
或者撑着伞披着雨衣
彼此侧一侧身
既是礼貌的表达
也是极寻常的善意

又像一段一段的拉链
将小城连成一片一片
每家每户的门，如同链牙
清早徐徐拉开
夜晚悄悄合上
一年四季的平静祥和
在侬好与谢谢声中
一遍又一遍地
重复着从前的从前

古城墙

随便拍一拍墙头
那古老的响声
听上去就有五六百年
声音和墙壁都爬满青苔
一丛丛杂草
在墙缝中枯了又绿

码头上停满了船
还有船要挤进来
不是茭白船，茭白船
早就消失在历史的烟里
船娘们的后代
已经不清楚船上的陈年旧事

低矮的墙门
比先前更低更矮了
残存的滑溜滑溜的台阶
一头接着马路
一头通往码头
几百年岁月的重荷

赭色的面容有些憔悴
疲倦的身影
连同比婺剧更老的老街
似乎只有在镜头和画笔下
才会重新打起精神

溪埠头

挺怀念冬天那种冷冰冰的感觉
那种只有一个两个三个人的溪岸
木杵啪啪啪的声音传向远处
在中洲背枯黄的芦苇丛里打个转
又啪啪啪清清脆脆传回来的意境
寂寞的石阶上只有风
和风的长长的影子

忽然间落下一阵雪子
水面漾起无数个小圈圈
无数个小圈圈密密麻麻挤成一团
沙沙沙沙的声音淹没在旷阔的水中
凝固了片刻的空气慢慢蠕动起来
对岸一点点变得迷蒙不清
阴沉的天空和暗绿的江面上
开始飘飘洒洒纷纷扬扬……

下雪了。仰起头张开嘴伸出双臂
迎接白雪公主纯洁热烈的拥吻

西门浮桥

不管哪个角度望去
都有翩翩君子的风度
不管哪个季节踏过
轻盈浪漫的诗句都会迭出

西门老城楼的样子
多数兰溪人已不记得
只剩下一对系缆的大青石柱
还在一遍遍地向行人诉说

一千年的浮桥
浮在江面已经不只是桥
而是一个江南文化的符号
一种符号化了的美好

高铁与高速公路齐飞的时代
还留恋船来货往的景象
会不会再次坐失
凤凰涅槃的机会之窗？

让喧嚣复归平静

让精神复归自然

当双腿走累的时候，歇一歇

或许未来，更能行稳致远……

2018 年写于杭州